COLLECTION FOLIO

Richard Millet

Le goût des femmes laides

Gallimard

L'auteur remercie pour son aide le Centre national du livre

Né à Viam, en Corrèze, en 1953, Richard Millet a passé son enfance au Liban. Il vit et travaille à Paris. Romancier, essayiste, il a publié une trentaine d'ouvrages, parmi lesquels *Le sentiment de la langue*, récompensé par le prix de l'Essai de l'Académie française en 1994, *La gloire des Pythre* (Folio n° 3018), *Lauve le pur* (Folio n° 3588), *Ma vie parmi les ombres* (Folio n° 4225), *Le renard dans le nom* (Folio n° 4114), *Le goût des femmes laides* (Folio n° 4475).

Or tout comme ceux qui ont lu beaucoup de livres sont très curieux de lire les nouveaux, fussent-ils mauvais, il arrive qu'un homme, qui a aimé beaucoup de femmes toutes belles, parvienne enfin à être curieux des laides lorsqu'il les trouve neuves.

CASANOVA, *Histoire de ma vie*

Ce que j'abhorre, ce n'est pas une femme très laide ; c'est une demi-laideur aspirant à la beauté.

STENDHAL, *Journal*

Le cœur de l'homme change le visage, et le rend ou bon ou mauvais.

Ecclésiastique, XIII, 31

I

Comme la plupart des hommes, j'ai raté ma vie sexuelle.

De cet interminable naufrage, je crois pourtant m'être moins mal tiré que d'autres. Je n'ai ni vice ni manie à révéler, ni même d'irrépressibles penchants à la sincérité qui me feraient avouer à une femme de quarante ans que je n'aime que les très jeunes filles, à une femme aux seins menus que je ne peux étreindre que celles qui en ont d'opulents, ou à une jolie personne que la beauté me fait peur. Rares d'ailleurs les femmes qu'on puisse dire belles, presque toutes étant en quelque sorte des laiderons qui s'ignorent, avant de tenter d'apporter en aimant la preuve du contraire ; plus rares les hommes qui aiment vraiment les femmes ; et quasi impossibles en fin de compte l'amour, le bonheur, le pur feu du désir. C'est d'ailleurs l'impossible qui gouverne les rapports amoureux. Quant à ce qu'on appelle la vie sexuelle, ce n'est qu'une commodité de langage : rien d'autre, en fin de compte, que l'ombre portée sur autrui de nos songes d'enfants mélancoliques ou de chasseurs de la préhistoire.

Je fais partie de ceux à qui leur mère a dit qu'ils ne sont pas beaux. Sans doute la mienne ne l'a-t-elle pas formulé comme ça, aussi clairement, et je l'ai peut-être moins entendu que redouté ou deviné dans son regard, enfant, pendant les quelques années où, repliés sur nous-mêmes, abandonnés, malheureux, nous avons vécu à Siom, sur ces hautes terres limousines où je ne retournerai probablement plus ; ou alors elle l'a dit autrement, à mots couverts, à mi-voix, et en patois, langue où les mots n'ont pas tout à fait le même sens qu'en français et où ce qui se dit est tout à la fois plus violent et plus doux, et bien sûr moins solennel.

« Eï be leyde ! » a-t-elle dû murmurer à regret, car je n'imagine pas qu'elle ait pu me lancer ça à la figure, avec le ton cassant qu'elle prenait en parlant de quelqu'un qu'elle n'aimait pas ou en chassant une bête qui s'était aventurée dans le corridor de notre maison.

Cette dernière phrase, je l'ai entendue telle quelle dans sa bouche, la fois qu'un barraquin avait franchi notre seuil pour nous proposer de rempailler nos chaises. Les yeux du petit bonhomme noiraud furetaient de tous côtés et ma mère s'indignait qu'on ait pu entrer chez elle sans frapper ni attendre qu'elle en ait donné l'autorisation. Elle l'avait poussé dehors sans ménagement, les doigts tendus, avec des mots français, et une fermeté de femme capable d'aller décrocher le fusil de l'époux pour se faire mieux entendre ; puis elle s'était retournée vers moi pour dire, les yeux brillants, le visage clos, sans doute lasse d'être confrontée à des choses déplaisantes :

« Eï be leyde ! »

Elle parlait du romanichel, mais ses yeux ne se détournaient pas des miens, qui la fuyaient, l'ayant d'ailleurs toujours fuie, elle dont le regard décourageait tout élan, et qui travaillait à trouver chez autrui ce qui ferait qu'elle serait déçue, renvoyée à sa mélancolie, et découvrant sans doute en moi, ce jour-là, ce qu'elle n'avait jamais voulu voir mais que la colère la forçait à admettre, et que j'allais à mon tour découvrir, lorsque j'aurais compris ce que j'avais de commun avec le romanichel ; du moins le croyais-je, car mon cas se révélait pire, le barraquin étant laid du fait de sa race, comme je le lui avais entendu souvent dire (et comme on disait sur les hautes terres limousines, où certains étaient pourtant aussi typés que le romanichel, descendants des invasions arabes ou de celles des peuplades de l'Asie centrale), tandis que j'étais, moi, laid par essence, et sans espoir de transfiguration.

« Ché be leyde ! »

Qu'elle l'ait dit ou que je l'aie vu dans ses yeux, c'était là quelque chose d'aussi terrible que la découverte de la mort ou de l'éblouissement sexuel, c'est-à-dire la fin de l'enfance ; et la mienne s'achevait, à huit ans, en apprenant que le beau et le laid ne s'appliquent pas qu'aux bêtes et aux choses, mais aux êtres aussi ; et non seulement aux autres mais à moi, qui rejoignais la compagnie des moches, avec, pour me défendre, cette formule qui me vint sur-le-champ mais dont je mettrais longtemps à comprendre la portée — manière de devise que je lance encore à qui me regarde avec trop d'insistance ou de dégoût :

« Tout le monde ne peut pas être beau. »

Formule dont j'espérais qu'elle atténuerait les choses et que, de laid, elle me ferait simplement passer pour « pas beau » ; non pas ce « pas bien beau » qui, à Siom, toujours proféré avec ironie, signifiait franchement laid, encore moins un de ces innombrables euphémismes qui ravagent les langues modernes et qui feraient employer « non-beau » pour hideux, comme « non-voyant » à la place d'« aveugle ». Les langues aussi peuvent avoir leur laideur.

Je m'aperçois que je tiens aujourd'hui à « laid » plus qu'à toute autre épithète : quoique dur dans sa brièveté, l'adjectif a sa noblesse, et j'y trouve une élégance du pire, une manière d'être, une qualité, un art même, qui supposent dérision et abnégation. Il y a là du cilice et du jabot, de l'effronterie comme de l'effroi, provocation et humilité, et je n'aurais sans doute pas vécu aussi intensément si j'avais été beau, ou simplement agréable à regarder. Je n'aurais rien eu de remarquable, la beauté, quand elle n'est pas exceptionnelle ni le propre d'un être au fort caractère, étant souvent proche de la fadeur. Je ne serais pas devenu ce que je suis ; j'aurais suivi ma sœur dans la voie de l'enseignement, métier que ma laideur m'interdisait évidemment, comme tous les métiers publics, même ceux qui n'ont pas de prestige : celui de vigile, par exemple, que j'avais envisagé pour payer mes études, à Clermont-Ferrand, m'avait été refusé sous le prétexte que j'aurais plus effrayé les clients que les délinquants et que, la nuit, on aurait pu me prendre pour un malfaiteur, vu la façon, surtout, que j'avais de me cacher la tête dans des cols relevés ou des cagoules, avec l'air de fuir non seulement les regards mais autre chose, m'avait dit le patron de l'entreprise de surveillance, un ancien légionnaire, un homme à l'apparence si redoutable que j'ai failli me mettre à pleurer avant de suivre son conseil et d'aller décharger des cageots sur les marchés de la ville, à l'aube, avec des Noirs, des Arabes, des Turcs, et quelques autochtones qui me recommandaient de ne pas trop regarder les fruits et les légumes, de peur de les abîmer. C'était une boutade, et pas très méchante, et j'y étais presque habitué, mais il m'a fallu bien des années pour me montrer sans rougir ; et encore me présentais-je toujours avec cette phrase par laquelle je tente d'expliquer que le beau n'est qu'un moment du laid : formule paradoxale et un peu facile (et qui peut aussi bien être tournée de manière inverse), mais qui a l'avantage d'amener les gens à parler librement, sans se soucier de la figure qui leur fait face et qui, le plus souvent, leur est un singulier miroir.

II

Ainsi je n'étais pas beau : un crapounaud, un limassou, un vilain petit canard, me lançait dans la rue Haute, assise sur sa chaise de paille, la vieille Roche qui m'effrayait avec ses yeux chassieux, sa lippe rouge, sa bouche sans dents, et dont j'ignorais, puisque nous n'étions à Siom que depuis quelques semaines, qu'elle haïssait la terre entière, trouvait à redire à tout, y compris à elle-même, et me donnerait à réfléchir, dès huit ans, sur les rapports inextricables entre la laideur et la haine.

« Je suis laid », ai-je dit à ma sœur.

Elle a haussé les épaules. C'était le jour du romanichel. J'étais allé la trouver, non dans sa chambre où, pas plus que dans celle de ma mère, je n'avais le droit de pénétrer, ayant très tôt compris (avant même que me soit révélée la vérité sur mon visage) qu'il y a le domaine des femmes et le reste du monde, et que le reste du monde est encore le domaine des femmes, celles-ci n'étant pas seulement la moitié du monde mais, d'une certaine façon, un royaume inconnu où les hommes tentent d'établir un campement, un plus ou moins heureux bivouac, malgré les apparences qui leur donnent l'illusion d'être les maîtres.

Ma sœur (je l'appellerais bien par son prénom, mais elle a dix ans de plus que moi, et j'ai longtemps eu du mal à ne pas la considérer un peu comme ma mère, car c'est elle qui m'a en grande partie élevé, cette Éliane dont le prénom sonne trop comme celui de ma mère, Hélène), ma sœur étudiait dans sa chambre, cet après-midi-là, lisant Kierkegaard, je m'en souviens à cause du plaisir qu'elle prenait à sa lecture, de sa fierté, aussi, déclarant, le même été, à un gars de Siom, ce Pascal qu'on appelait Bugeaud alors que ce n'était pas son vrai nom, qu'il avait honte du sien comme moi de mon visage, et qui vivait à Villevaleix chez sa grand-mère, à quelques kilomètres de Siom, mais se plaisait mieux chez sa grand-tante, à Siom, d'où il était natif, lui déclarant donc qu'elle, la fille d'un camionneur, elle lisait Kierkegaard, avec l'orgueil de ces filles qui se haussent, comme on disait, mais proférant, elle, le mot de « camionneur » avec autant de fierté que le nom de Kierkegaard, si bien que le nom du philosophe danois resterait pour moi, par l'étrangeté de ses syllabes, associé non seulement à ce moment de mon enfance, mais à un père que j'ai à peine connu et dont il me semblerait, lisant à mon tour Kierkegaard, que dans les moments où l'esprit décroche un peu du texte pour se laisser aller à la rêverie, j'allais voir surgir un homme au visage dévoré par la nuit.

J'avais toqué doucement à sa porte, comme je ne manquais jamais de le faire lorsque j'avais quelque chose à lui demander, et non à lui dire, ce qui était la condition pour que je puisse la déranger, ma sœur ne supportant ni le bavardage ni les jérémiades.

« Je suis laid », ai-je murmuré dès qu'elle eut entrouvert sa porte, l'air soupçonneux, n'ayant pas bien entendu, me forçant à répéter, non pas pour m'humilier, comme j'ai d'abord pu le croire, mais parce que j'avais parlé en ravalant mes mots, et se disant, elle, que c'était la solitude qui m'était intolérable et que je venais la voir, comme les jours précédents, après m'être creusé la cervelle pour trouver une question qui justifiât que je l'importune. Alors il lui arrivait de me lire un passage du *Traité du désespoir*, pour me faire comprendre qu'elle n'était pas dupe, qu'il me fallait me débrouiller par mes propres moyens, que l'ennui n'a rien d'irrémédiable, que les ruminations solitaires valent mieux qu'un bête divertissement. « Il n'y a que les imbéciles qui cherchent à se divertir à tout prix », ajoutait-elle.

Et elle me renvoyait aux livres dont elle me comblait et qu'avec l'assentiment de ma mère elle achetait un peu partout, dans les foires, les épiceries de campagne, et même aux gens des Buiges, de Villevaleix, de Treignac, d'Eymoutiers, à qui elle posait toujours la même question :

« Dites, vous n'auriez pas, chez vous, au grenier, par exemple, des livres dont vous n'auriez que faire ? »

Et elle les obtenait pour une bouchée de pain, en bonne Corrézienne qu'elle est, consciente de la valeur de l'argent et des choses, suscitant d'abord la méfiance puis, comme elle n'avait pas l'air d'une romanichelle, malgré son œil charbonneux, réveillant l'âpre désir de gagner quelques sous chez ces braves ruraux avec qui elle finissait par traiter, et qui étaient trop heureux de se débarrasser de livres apportés là par une fille qui avait fait des études, une nièce en vacances, une épouse qui avait eu le goût de la lecture, ma sœur se trouvant souvent obligée d'acquérir des lots, le meilleur et le pire, dans des éditions à bon marché, jaunies, sentant le moisi ou la suie, pleines de poussière, de chiures de mouches, de toiles d'araignée, et que je lisais parfois avec des gants de laine : des classiques et des romans de quatre sous, toute une bibliothèque à peu près tombée dans l'oubli, mais à laquelle je dois de n'avoir pas tout à fait sombré dans la tristesse. Ces livres allaient prendre place sur des étagères en pin que ma mère avait fait fabriquer par Chabrat, le menuisier de Siom, car elle ne supportait pas le désordre, y compris dans ma chambre où elle ne pénétrait pourtant jamais, m'ayant abandonné à ma sœur à qui elle avait peu à peu délégué le soin de régler les affaires me concernant, sauf les questions financières, et bien sûr l'autorité morale pour laquelle elle n'avait d'ailleurs pas besoin de se casser la tête, comme disait Jean Pythre, un des rares Siomois avec qui je me sois lié, moi qui habitais une maison de location au croisement de la route des Buiges et de celle de Tarnac, à la lisière du bourg, au lieu-dit La Chapelle et qui, pour cette raison, demeurais « de passage », un demi-orphelin, une sorte d'étranger.

Ma mère se faisait assez naturellement craindre pour ne pas avoir à hausser le ton ni même dire les choses : un simple regard me rappelait à l'ordre, un froncement de sourcils, un raclement de gorge, quand ce n'était pas un coup d'œil lancé à ma sœur, qui se levait alors pour me gifler le plus doucement qu'elle pouvait, atteignant bientôt dans ce geste une perfection qu'elle muerait en une ironie dont elle n'a plus cessé de faire preuve à mon endroit et qui, à l'époque où elle était le bras armé de ma mère, me faisait comprendre qu'elle ne pouvait qu'obéir, elle aussi, que c'était là une manière de nous préserver tous deux de représailles autrement douloureuses.

En quoi, bien entendu, elle était excessive, tout comme je m'exagérais les rigueurs maternelles ; mais comment en serait-il allé autrement dans une famille sans père et où elles, mère et sœur, devaient le remplacer à tout prix, ma sœur obligée de financer ses études en donnant des leçons, ma mère nous faisant vivre en s'embauchant comme ouvrière à la fabrique de contreplaqué des Buiges, où elle faisait les trois-huit, dont j'ai mis quelque temps à comprendre que ce n'était pas des journées de vingt-quatre heures divisées en trois périodes, mais de huit heures de travail chacune, avec des horaires qui changeaient d'une semaine à l'autre. Elle travaillait en même temps que Jean Pythre, dont elle attendait la 4 CV avant l'aube, à midi ou le soir, selon les semaines, et avec qui elle rentrait, n'ayant pas les moyens de s'offrir une automobile et, bien que quatre kilomètres seulement séparent Les Buiges de Siom, trouvant peu commode, sinon au-dessous de sa condition, de circuler à bicyclette ou à vélomoteur, elle qui avait fait quelques études et tenu la comptabilité de la petite entreprise de transports créée par mon père, à Bort-les-Orgues, à l'autre bout du département. Quoique née au hameau de Bezeau, dans l'une des plus modestes familles siomoises, elle trouvait dans son travail d'ouvrière une déchéance à la mesure de son orgueil, moins par goût de la mortification que par souci d'avoir à détester quelque chose dont la haine lui tînt lieu de dignité, en dépit des rumeurs qu'avaient fait courir ses trajets avec le dernier des Pythre, dont on ne savait pas alors qu'il mourrait sans avoir étreint aucune femme. Et c'était pour nous, surtout pour moi, qu'elle faisait ces sacrifices, disait-elle à ma sœur, afin que nous connaissions un autre sort, un autre territoire, peut-être, que le haut Limousin, quelque chose de mieux, où nous ne serions plus soumis à la fatalité du sang, du nom et du climat, comme les gens de Siom où elle était retournée vivre par dépit autant que par nécessité, dès lors entrée dans un silence dont elle ne sortait guère, épuisée par un travail pour lequel elle n'était pas faite, et par le chagrin d'avoir été abandonnée par mon père.

III

« Je suis laid », ai-je répété devant ma sœur, immobile sur le seuil de sa chambre, les bras derrière le dos, la bouche entrouverte, avec peut-être un peu de bave au menton, et le regard aussi brouillé que la voix.

Cette fois, elle est sortie, refermant derrière elle sa porte tout en me demandant si j'avais goûté, moins à cause de l'heure presque tardive que décontenancée par ce que je venais de dire et parce qu'il fallait bien me répondre, pensais-je, tandis qu'elle me poussait vers l'escalier menant au corridor et à la cuisine, loin de la pièce où se tenait ma mère, cet après-midi-là, un samedi d'avril où il faisait assez doux pour qu'on eût laissé ouverte la porte d'entrée. Le soleil était haut, en avril, et les grands sapins entourant sur trois côtés la vieille maison n'empêchaient plus la lumière de pénétrer dans les pièces du bas, froides, sombres et humides, particulièrement la salle de séjour où jamais nous ne nous trouvions ensemble, mangeant dans la cuisine, lisant ou travaillant dans nos chambres, mais où notre mère aimait se reposer, sous le prétexte que dormir en plein jour dans sa chambre lui aurait donné un avant-goût de la mort.

« Tu sais, on ne doit pas se fier aux apparences, même si les évidences semblent contre toi », m'a dit ma sœur, après avoir fait chauffer de l'eau que, sans en laisser échapper une goutte, elle a versée dans nos bols, sur du café lyophilisé pour elle et, pour moi, sur du chocolat en poudre, que je buvais sans lait, parce que c'était plus digeste, soutenait ma mère, ma sœur me refusant le café pour la raison qu'il ajouterait à mon anxiété.

Non, je ne savais rien, je ne comprenais rien, encore moins pourquoi elle ne me disait pas non pas que j'étais beau, mais que je n'étais pas laid, ou que je n'étais « pas mal », selon les mots d'Anne Desmarets, sa seule camarade siomoise, avec Céline Soudeils, quand elles parlaient des garçons. Mais elle se taisait à présent. Elle avait, en me regardant, à peu près la même expression que ma mère : quelque chose qui oscillait entre la résignation et l'effroi, le dépit et une sorte de pitié, jamais du contentement ni de la joie, mais un sentiment bien plus proche de la haine (ou de ce dégoût si prompt à susciter la haine) que d'une forme d'amour, y compris dans sa forme dégradée qu'est l'affection ; à quoi s'ajoutaient l'inévitable gêne et l'agacement de ne pouvoir faire autrement que de me trouver laid, en effet, et d'en finir avec cette question, ai-je cru comprendre alors qu'elle me passait sur le visage ses doigts tiédis par le contact du bol, me regardant sans me voir, comme si elle déposait sur ma peau les motifs floraux bleus et jaunes de la faïence.

À la façon de ma mère, elle avait, je m'en suis aperçu ce jour-là (un jour où j'en ai plus appris sur moi et sur autrui que ce que d'ordinaire seul le temps permet de connaître), elle avait l'habitude de me parler en s'attachant à ne pas détourner ses yeux des miens, ou bien le regard ailleurs, au-dehors, là où il n'y avait plus rien que le ciel bleu, dur, glacial, ou encore plus loin, en contrebas, derrière les sapins, de l'autre côté de la route où passaient les voitures qui descendaient vers Limoges ou montaient en direction d'Ussel. Et c'était dans le ciel que j'aurais tout donné, à ce moment, pour abandonner mon visage, puisque je n'aurais jamais le courage d'aller me jeter dans le lac ou sous les roues des camions dont le poids faisait trembler les petits carreaux losangés de l'imposte, la lumière remuant de telle façon que j'avais, jusqu'à ce jour, eu l'impression qu'elle dansait et que le monde n'était pas tout à fait différent des contes de Perrault et d'Andersen.

« Allons, où es-tu, maintenant ? », a murmuré ma sœur avec une expression de lassitude qui la faisait ressembler à ma mère.

Que dire ? J'étais dans la certitude du pire. Je venais d'avoir la révélation d'une vérité que j'étais désormais obligé de faire mienne : une sorte de puberté précoce. Ma sœur était trop honnête pour me mentir, même pieusement, et trop soucieuse, elle aussi, de cette vérité sur soi qu'à dix-huit ans elle cherchait en silence, à sa façon, dans la langue — « dans ces maudits livres », disait ma mère —, et dans ce qu'elle appelait l'usage de la vie, ce qui la rendait aussi incapable de me mentir que de me consoler, ou de me souffler de ces demi-vérités par lesquelles on tente de laisser les choses en suspens.

Ne pouvait-elle comprendre que la laideur me chassait brusquement de l'enfance ? Aurait-elle dû malgré tout m'assurer que je n'étais pas laid, qu'il était trop tôt pour le dire, que le visage, à huit ans, est appelé à changer, que même les gens beaux sont susceptibles de devenir laids, qu'on voyait bien des adolescents perdre leur grâce dès l'âge de seize ans et s'enlaidir à jamais, tel le fils Orluc devenu plus vilain qu'un cul de brebis tondue, comme on disait à Siom, ou que la plus jolie fille, selon les jours et l'humeur, peut être laide au point que personne ne la regarde plus ?

Il ne lui était pas possible de me laisser comme ça, avec pour toute consolation d'énigmatiques paroles, un bol de chocolat à l'eau et de furtifs doigts d'aveugle sur ma figure. Elle a jeté un coup d'œil à la pendule de bois noir accrochée au-dessus de la porte de la cuisine, et qui sonnerait, ai-je pensé, les éternelles minutes de ma disgrâce, puisque j'allais devoir vivre avec ce masque épouvantable ; un masque, oui, puisque personne ne se sent vraiment laid, cette conscience-là étant intermittente ou bien faite d'ignorance, d'aveuglement volontaire, faute de quoi on ne survivrait pas, même dans l'opiniâtre détestation de soi, ou dans la mélancolie. J'allais devoir descendre dans le temps, dans l'étrange accord entre le temps et ma laideur, avec ce que d'autres appelleraient ma croix et qui n'était qu'un masque, je le répète, condamné à me forger un sombre orgueil, grâce aux livres, notamment à un ouvrage sur le Masque de fer, puis au roman de La Varende, *Nez-de-cuir*, et à *L'Ensorcelée* de Barbey d'Aurevilly. Je serais un prince sans visage, un mystérieux gentilhomme, un abbé à la face brûlée, quoique sans rien d'héroïque, mon visage n'étant pas tout à fait ma figure, et peu à peu amené à comprendre que toute vie est une plus ou moins lente façon de se résigner à ce qu'on est. Je rêverais. Je ferais comme si rien n'avait eu lieu. Mais *L'homme qui rit*, à onze ans, me ramènerait à cet après-midi d'avril où on m'avait déchiré la face. J'aurais au moins cette façon de faire front. J'étais Gwynplaine. Je souriais. Je tâcherais toujours de sourire, même quand je pleurerais, ma mère et ma sœur m'ayant fendu le visage jusqu'aux oreilles, dénudé les gencives, ravagé le nez, écarté les oreilles ; jamais le dehors, chez moi, ne correspondrait au dedans, et, pour ne pas effrayer, je serais contraint de sourire, de paraître aimable, tâche épuisante qui occuperait une grande partie de mon temps : ne voulant pas qu'on rie de moi, il me faudrait faire sourire et, pour ne pas effrayer, ni faire horreur aux filles, apitoyer doucement, toujours en souriant, me montrant toujours plus laid qu'elles n'étaient et plus moche que je ne suis, à moins d'être (j'ai longtemps eu ce rêve) transfiguré par l'amour d'une belle et douce aveugle.

J'avais lavé les bols et les cuillers à l'eau froide ; je les avais essuyés soigneusement avant de les replacer dans le buffet, ma mère ayant l'œil à tout, la négligence, la veulerie étant selon elle la face sale des pauvres ; et pauvres, nous l'étions presque, quoique avec dignité, et il nous fallait le rester, pauvres et dignes, ce qui était, à l'en croire, notre seule manière d'espérer infléchir le destin. Une dignité qu'on devait garder jusque dans la nudité, avait-elle dit, un jour que ma sœur se promenait à demi nue dans la maison. Mais moi, je n'étais pas que pauvre : j'étais laid, et je sentais que la laideur avait à voir avec l'indignité et la condition sociale.

Ma sœur m'a dit de passer ce qu'elle appelait ma pèlerine et qui n'était qu'un mauvais manteau de demi-saison taillé dans une gabardine de mon père, tandis qu'elle prenait, elle, près de la porte, un de ces bâtons de marche, coupé dans une branche de hêtre et dont elle ne se séparait jamais, en promenade, à cause des serpents, disait-elle, avant de m'avouer, ce jour-là, comme si cette révélation avait trait à ma découverte et que je fusse entré dans le rang des loups, que c'était à cause des mauvaises rencontres qu'une fille pouvait faire dans les chemins creux — oui, certains hommes, a-t-elle précisé en portant la main à son cou, me laissant comprendre qu'elle avait déjà fait une de ces rencontres et (me dirais-je, bien des années plus tard, lorsque je serais lycéen à Ussel et que nous vivrions ensemble, elle et moi) que c'était la raison pour laquelle elle se tenait éloignée des hommes, sans que j'aie osé la questionner là-dessus, d'abord parce que c'était ma sœur, une fille droite, intransigeante et fière, qui m'a quasiment élevé, ensuite parce que j'étais alors incapable de la considérer comme une femme — ce qui me reste presque impossible, aujourd'hui encore, la regardant comme si elle n'avait pas de corps ni de visage, ou alors un visage arraché au temps et à la nuit et qu'on ne peut trouver ni beau ni laid, ni vieux ni jeune.

Elle descendait vers Siom, saluant les gens que nous rencontrions, malgré leurs regards souvent hostiles, s'arrêtant même pour bavarder avec le vieil Antoine Poirier, qui n'était pas un mauvais bougre mais qu'elle évitait d'habitude à cause des remarques salaces qu'il lançait à tout bout de champ, surtout aux jeunes, et dont la bouche tordue en forme d'encornet rougeâtre faisait dire au fils Orluc, me donnant à entendre ce mot pour la première fois, qu'il avait une vulve en guise de lèvres : une blessure reçue à la Grande Guerre ; et les grimaces qui l'agitaient en parlant m'effrayaient comme l'aurait fait un vieux faune, surtout lorsqu'il fichait une cigarette dans le creux de sa cicatrice et qu'il prétendait, m'avait encore dit le fils Orluc, que c'était à force d'avoir sucé qu'il avait cette bouche-là.

« Qu'est-ce qu'il a sucé ? », ai-je demandé plus tard à ma sœur qui a rougi jusqu'à la racine des cheveux, tandis que je sentais les miens s'embraser et qu'elle me répondait que c'était le sang des enfants trop curieux et que je me représentais le vieux Poirier surgissant dans la nuit de ma chambre, avançant vers moi en se dandinant sur ses jambes tortes, dans un assourdissant bruit de galoches, sifflant entre ses lèvres monstrueuses qui laissaient dépasser des dents ensanglantées, à la façon de ces goules et succubes dont l'existence venait de m'être révélée par un livre qui avait échappé à la vigilance de ma sœur et dont le souvenir m'éveillait de temps à autre sans que j'ose crier, redoutant plus la colère de ma mère ou le rire de ma sœur que la morsure des monstres nocturnes.

J'étais étonné de voir ma sœur, d'ordinaire si réservée, si lointaine, bavarder avec le vieux Poirier à propos de choses qui n'avaient à voir ni avec le sang, ni la nuit, ni le châtiment. C'était de la pluie et du beau temps qu'ils s'entretenaient avec le plus grand sérieux, devant moi qui m'étonnais de ne pas trembler près de ce vieillard tout tordu par les ans, les vices, le souvenir, la mort prochaine.

Étonné, je le serais davantage devant la femme auprès de qui elle m'a ensuite conduit, me tirant par le bras jusqu'à la place du village, comme un enfant qu'on veut punir publiquement, on voyait ça de temps en temps, à Siom. Je me suis mis à pleurer ; je croyais que c'était au grand Pythre qu'elle m'amenait, à ce personnage dont on racontait qu'il avait cloué à une table la main de son fils Amédée, et qui était, disait-on, capable d'incendier un bâton ou un visage par la seule force de son regard, me répétais-je tandis que ma sœur, au lieu de monter vers la maison des Pythre, prenait à gauche, entre le bâtiment de Chabrat et l'Hôtel du Lac, pour redescendre jusqu'à la dernière maison du bourg, une villa, la seule de Siom, celle des sœurs Piale, où elle savait trouver l'aînée, Yvonne, l'institutrice, qui vivait là en compagnie de sa sœur Lucie, fameuse dans tout le canton pour sa beauté autant que pour son innocence. Lucie Piale était là, au bord de la terrasse ouverte sur le lac, assise près de sa sœur, âgée de près de cinquante ans mais en paraissant quinze de moins, ou plutôt sans âge, le visage lisse, les cheveux tirés en arrière, le regard perdu, la bouche frémissante mais muette, les yeux clairs, les mains immobiles sur ses genoux, la poitrine (la plus belle qu'il ait jamais été donné de voir, disait-on, quoique nul ne l'eût contemplée nue, encore moins caressée) se soulevant sous une blouse de demi-saison comme se balance un arbre dans le vent d'ouest ; et moi qui ne savais presque rien de la chair, à huit ans, j'aurais à ce moment tout donné, tout sacrifié pour enfouir mon visage entre ces seins dont j'ignorais qu'ils allaient me hanter toute ma vie et que je les rechercherais chez toute femme, dussé-je me contenter d'être un homme aux aguets, un guetteur (mais pas un voyeur, je tiens à cette distinction, la laideur étant d'emblée, et injustement, associée à toutes formes de perversions), tant il est vrai que, bien plus que par nos faits, nos gestes, nos songes, nous vivons par le regard. Et voyant Lucie Piale porter à ses lèvres épaisses un verre de sirop de grenadine, je devinais que le goût de ce sirop serait pour moi toujours lié à sa bouche, et non seulement à la sienne mais à toutes les bouches féminines dont je m'approcherais, m'imaginant la chair de la grenade de la même forme et de la même couleur brillante que ce sexe féminin dont je n'avais pourtant qu'une idée imprécise : un fruit que je n'ai jamais goûté que sous forme de sirop, mais à quoi la plus secrète chair féminine ne cesse de me renvoyer.

Nous nous sommes assis près des sœurs Piale, ma sœur sur une chaise de jardin, moi sur la première marche de l'escalier de ciment peint en blanc, ma sœur parlant avec l'institutrice de ces livres qu'on relit et qui sont le sel de la vie, disait-elle, tandis que je mourais d'envie de me jeter sur la poitrine de Lucie Piale qui souriait au vent, et que je me demandais quelle pouvait être la qualité de cette chair tout à la fois légère et lourde, d'un grain serré et velouté. Yvonne Piale parlait d'un roman américain qu'elle venait de lire, et dans lequel il était question d'une terre brûlante, de paysans qui vont enterrer leur mère un peu comme on en avait enterré certains, à Siom, chacun rêvant, pendant le trajet, à sa propre vie — le rêve de la vie valant bien la vie elle-même, laquelle n'est d'ailleurs qu'un songe, disait ma sœur ; un livre qui nous parlait de nous, ajoutait Yvonne Piale, à qui ma sœur répondait que seul est intéressant, en effet, ce qui nous parle de nous, non pas en tant que Siomois, Limousins, Français, ou Américains, mais en tant qu'êtres humains.

Ce jour-là, dans l'air acide et vif d'avril où un épervier tournoyait au-dessus du lac, je comprenais non seulement que j'étais laid, mais aussi qu'il m'avait été donné de voir le jour et la nuit presque en même temps, et que la nuit a sa beauté, souvent éclatante, et le jour une obscurité qui ne dépend pas de l'alternance de l'ombre et de la lumière, la beauté et la laideur n'ayant pas d'existence en soi, la beauté supposant une solitude pire que la laideur lorsqu'elle est, comme chez Lucie Piale, inutile, prise dans les glaces de l'innocence, alors que, chez le vieil Antoine Poirier, la laideur était une manifestation grimaçante de la vie. Laideur et beauté sont inextricablement liées ; et s'il ne nous appartient peut-être pas de décider ce qu'il en est pour nous-mêmes, il n'en reste pas moins qu'il faut choisir son camp et que, m'étant découvert ce que je suis, je choisissais celui de la beauté : non pas celle qui est le contraire de la laideur, mais cette insaisissable, cette fugitive beauté qui peut surgir de la laideur elle-même et relève du miracle, voire de l'impossible.

Leçon (celle de ma sœur) sans doute trop appuyée pour être convaincante et, surtout, me consoler, rien ne devant plus me distraire de la conscience de ma laideur, devinais-je à huit ans, alors que je venais de choir brusquement dans le temps comme ces rocs qui se détachent de la rive escarpée de la Vézère, de l'autre côté du lac, au pied de la colline de Veix.

Nous étions sur le chemin du retour. Je pleurais. Je souriais. Je marchais la tête basse. Ma sœur m'a dit qu'à pleurer en marchant, je risquais de me changer en statue de sel. Elle m'a pris non pas dans ses bras — ce que ni elle, ni ma mère, ni personne, à cette époque et pour bien des années encore, n'avait fait —, mais par la main, cette main qui est bien la seule partie d'elle qu'il m'ait été donné de toucher. Je ne pouvais que sourire. J'ai dit que sourire en pleurant devait donner l'air le plus bête du monde. Je pensais qu'il valait mieux être laid que paraître stupide. Mais elle n'écoutait pas. Elle a eu ces mots, le visage soudain fermé, tourné vers le couchant :

« Et moi, comment tu me trouves ? »

Avais-je, avant ce jour-là, jamais regardé ma sœur, ma mère, les filles de l'école, à Siom, ou toute autre personne du sexe féminin avec l'idée de les trouver belles ? La langue me collait au palais ; j'avais les membres gourds, la face cuite, non pas de ne rien pouvoir répondre mais de ne trouver aucune beauté à cette jeune fille, ma sœur, que j'osais à peine appeler par son prénom, me débrouillant la plupart du temps pour ne pas avoir à le faire. Je ne me disais pas qu'elle n'était pas belle, je ne l'osais pas, mais l'idée était là, et me semblait plus vilaine que ma propre laideur : aussi légère, cette idée, qu'un coup d'épingle, ou une griffure de ronce qu'on ne sent pas d'emblée, à cause de l'effort ou du froid, mais qui va peu à peu, une fois le corps au repos, dévoiler l'étendue d'une souffrance d'autant plus étonnante qu'elle serait presque agréable si elle ne se rapportait progressivement à de plus grandes souffrances, l'éraflure occupant dès lors toute notre attention, comme dans la jalousie on se laisse empoisonner par un détail qu'on a d'abord chassé en haussant les épaules, parce que ridicule, invraisemblable, et qui va triompher de nos défenses, pour nous livrer aux pires maux qu'un cœur puisse endurer.

Dans le cas de ma sœur, je n'avais jusque-là pas eu l'idée de la trouver différente de moi. Redisons-le : elle n'avait pas de visage, et sa question me terrifiait parce qu'elle me mettait en demeure non seulement de la juger et d'accepter d'être détaché du trio que nous formions, ma mère, ma sœur et moi, pour mener une vie indépendante qui avait un avant-goût de celle qu'il me serait donné de vivre après ma mort, ai-je alors pensé, mais aussi d'affronter l'horreur d'être laid avec la honte que ma laideur rejaillît sur ma sœur, puisque, me rappelais-je, plusieurs personnes nous avaient trouvé de la ressemblance. Une absence de beauté qui devait susciter en moi, qui continuais à me taire, l'espèce d'effroi perçu quelques heures plus tôt dans les yeux de ma mère, comme dans ceux de cette jeune fille de dix-huit ans dont le visage avait pris ce pli, que je pensais définitif, et que le mien n'avait pas encore, m'avait-elle assuré, en me laissant espérer une modification de mes traits à quoi je ne croyais pas, me résignant à la pérennité de ma laideur, et souffrant que nous fussions ainsi, elle et moi : des gens pas beaux, ce qui expliquait pourquoi ma mère, à qui on trouvait un visage et une silhouette agréables et qui aurait pu, à Siom, passer pour une beauté si elle n'avait pas été aussi mince, ne nous aimait pas, encore qu'il faille nuancer cette affirmation en précisant que c'était peut-être moins notre laideur qui la rebutait que notre ressemblance avec l'homme qui nous avait abandonnés, et le terrible regret que l'amour n'ait pas opéré la fusion entre ce qu'il y avait de beau en chacun d'eux au lieu d'engendrer ces enfants qui en avaient tiré ce qu'ils avaient de moins réussi ou que ce qui était beau n'ait fonctionné que comme soustraction : opération qui, à l'inverse, permet aux gens laids d'espérer avoir de beaux enfants ou des descendants magnifiques, parfois en sautant une génération ou deux, selon l'obscur cheminement du sang qu'on appelle aussi caprice du destin et à quoi ni ma sœur ni moi n'avons voulu nous soumettre en procréant.

Je souffrais moins d'être laid que d'avoir été chassé de quelque chose que je ne savais pas encore être l'éternité enfantine, tentais-je de me convaincre, cette nuit-là. Mais dès le lendemain ma laideur serait, redoutais-je, visible de tous, que je fusse au grenier ou dans le coin le plus reculé de la cave, mon visage désormais exposé à la vindicte publique (puisque, me dirait bientôt un Parisien en vacances à Siom, un blond comme on en voyait rarement sur ces hautes terres, il faut bien qu'il y ait des beaux et des moches, telle était la vie, il fallait s'y faire) et non plus à la bienveillante indifférence dont on entoure d'ordinaire les visages d'enfants. J'en souffrais cependant moins que de penser que ma sœur était laide, comme moi, et je n'eus plus que le souci de me convaincre qu'elle ne l'était pas, prenant à ma charge sa laideur pour rendre cette jeune fille sinon à sa beauté, du moins à une absence de laideur qui aurait pu la faire passer pour une personne au physique point désagréable.

« Tu vois bien que tu n'as aucune raison de te plaindre », a-t-elle murmuré avec un air de triomphe un peu las, comme si cette question ne la laissait pas en paix, elle non plus, et que, malgré son intelligence et la force de caractère par laquelle elle apprenait à établir de la distance avec ce qu'elle appelait les mouvements du cœur, elle eût attendu autre chose de ma part, un démenti, un de ces mensonges qui ne trompent personne mais qu'on aime entendre : l'ordinaire consolation des femmes sans grâce et des hommes au visage ingrat.

Et en effet, ma sœur, cette belle intelligence déjà toute vouée à l'étude, et qui s'apprêtait à entrer dans l'enseignement public, ma sœur cherchait elle aussi un encens trompeur dont je ne voyais alors pas qu'il pouvait m'être sinon une voie d'accès au royaume des femmes, la parole supplantant, palliant l'absence de beauté, du moins une consolation, celle que m'apporteraient un jour les femmes laides.

IV

Celui qui se découvre laid, surtout un enfant, est voué à se sentir coupable, à chercher jusqu'à la fin une absolution qui ne viendra pas. Il expiera aussi ce dont il est innocent. C'est une des formes les plus terribles du péché originel, ou, pour reprendre le vocabulaire des athées, de l'injustice. Ma mère, à qui ma sœur avait sans doute parlé de ma découverte, m'avait non pas consolé (jamais elle n'aurait de ces gestes, ni de ces mots) mais fait comprendre que l'absence de beauté n'a pas d'importance pour un enfant, et en tout cas bien moins pour un homme que pour une femme. Pourquoi ne pas l'avoir crue ? Était-ce parce que je n'osais pas la regarder en face, qu'elle paraissait ne pas croire elle-même à ce qu'elle disait, ou qu'elle parlait avec un air si lointain qu'on ne pouvait qu'être persuadé du contraire de ce qu'elle disait ? Ma vie aurait pu être tout autre. La seule personne capable d'effacer ma laideur en passant sur mon visage cette main qu'elle enduisait de crème, dès sa sortie de l'usine, afin de ne pas perdre une douceur qu'elle réservait, m'avait laissé entendre ma sœur, à l'homme qui la sauverait (et nous avec elle, espérais-je sans y croire vraiment, ma mère ayant été trop vivement marquée par ce qu'elle appelait la vilenie de mon père pour n'avoir pas décidé qu'elle avait droit à sa part de bonheur, lequel ne pouvait qu'être implacable, individuel, égoïste), cette femme, ma mère, ne porterait pas la main sur ma figure, ne l'ayant sans doute jamais fait, ayant même délégué à ma sœur le soin de me laver et, quand nous habitions Bort-les-Orgues, à quelque vieille femme de ménage dont je me rappelle les doigts rêches et impatients.

En ce temps-là, il n'y avait, à Siom, nul visage pour me servir de miroir, aucune fille de mon âge et assez jolie pour me confirmer dans ma découverte ou lui apporter un démenti. Les enfants ne voient pas ce que voient les adultes ni ce que perçoivent ceux qui viennent de basculer dans le temps ; et j'avais beau scruter le visage de mes condisciples, à l'école de Siom, puis au collège des Buiges où je me rendrais par le train, chaque matin, gagnant à pied et par n'importe quel temps la petite gare, à deux kilomètres de notre maison, en compagnie de ma sœur qui allait, elle, beaucoup plus loin, au lycée d'Ussel, je ne voyais rien dans leurs yeux de l'indignation perçue dans le regard maternel.

Je m'aveuglais. Ces visages étaient en quelque sorte muets ; et pourtant, par cette indifférence qui est le stade enfantin de la politesse ou une cruauté qui n'a pas encore appris à s'exercer autrement que par l'éloignement ou une craintive aversion, j'étais renvoyé à une solitude dont je ne sortirais qu'avec la puberté ; de sorte qu'impubère je vivais comme un garçon en état de porter à son sexe une main consolatrice quoique inapte à me donner du plaisir, coupable d'avoir un visage impropre à émouvoir la seule femme à qui j'aurais alors dû plaire, mais pressentant malgré tout que le plaisir solitaire me sauverait, un jour, car je souffrais déjà bien plus qu'on ne saurait l'imaginer, recherchant l'ombre, l'écart, le retrait, la compagnie des déclassés, des fadards comme Jean Pythre, le benjamin d'une famille maudite : un type étrange, doux, et qui, auprès des enfants, du moins, passait pour détenir des vérités ignorées des adultes, et à qui j'avais fini par demander si j'étais laid.

Il m'a regardé en silence, assis sur sa chaise de paille, au centre de la minuscule cuisine où il passait la majeure partie du temps que lui laissait l'usine, rêvant, ressassant, et ne comprenant sans doute pas de quoi je voulais parler, lui qui était resté beau, malgré une vie solitaire et difficile, soignant même son apparence, n'ayant pas encore quitté l'allure de jeune premier des années 1950 que lui donnaient sa nonchalance, sa minceur, ses longs cheveux gominés, coiffés en arrière, et son visage étroit, régulier, frémissant, qui le faisait ressembler à Jean-Jacques Rousseau ou à Antonin Artaud.

« Personne n'est beau, a-t-il fini par murmurer. Il n'y a que les femmes qui peuvent être belles.

— Les femmes, seulement ?

— Oui, elles sont toutes belles.

— Toutes les femmes, Jean ?

— Toutes, même celles qui ne sont pas bien belles. »

C'était bien sûr à une sorte de simple que j'avais affaire, et il me donnait une réponse que j'ai d'abord prise pour une moquerie avant d'admettre qu'il vivait à la lisière des songes, que les simples sont capables de proférer des vérités relevant de la divination plus que de l'expérience, et retrouvant sans le savoir l'espèce de vérité dont le père Karamazov a tiré une de ses maximes et qui lui fait dire qu'il n'a jamais trouvé laide aucune femme.

Ce que disait là le dernier des Pythre, je le prenais pour argent comptant, sans comprendre, mais en acceptant le fait que, au contraire des femmes, ou d'une façon bien différente, la beauté ne s'applique pas aux hommes, auxquels j'imaginais que revenaient la force et le pouvoir, ou que leur beauté réside dans cette force, cette virilité pour laquelle l'apparence ne compte pas. On voit quelle couverture je tirais à moi. La vérité énoncée par Jean Pythre avait quelque chose d'excessif, de paradoxal, et admettait, je le verrais bientôt, beaucoup d'exceptions dont il faisait partie : j'avais entendu vanter sa figure par les Siomoises, tout comme celle du jeune Lavolps dont l'étrange beauté avait, il est vrai, quelque chose de féminin qui le vouerait à une mort précoce.

Sans être mauvaise langue, Jean Pythre ne savait se taire dès lors qu'il était en compagnie, lui pour qui l'existence individuelle était une chose sans fondement, ne vivant pas dans le même ordre de réalité que les autres : un innocent dont le degré de simplicité n'atteignait cependant pas celui de Lucie Piale, puisqu'il était capable de travailler à la fabrique de contreplaqué et même de s'occuper de quelques dossiers confiés par une compagnie d'assurances dont il était le correspondant. Tout Siom, je le savais, apprendrait de cette bouche claire-obscure ce que je lui avais demandé. J'avais donné à la vérité de quoi sortir du puits, et rappelé à la communauté qu'elle pouvait se rassembler sur le dos d'un seul être, surtout si, comme moi, il n'était pas de Siom, l'origine siomoise de la famille de ma mère ne suffisant pas à me protéger, d'autant qu'elle était une divorcée, ce qui, à cette époque, restait assez rare pour déclencher une réprobation unanime.

Rien ne plaidait en notre faveur, surtout pas en la mienne. On me découvrait laid parce que je l'avais dit, et on s'emparait de cette épithète comme d'une parole irréfutable, trop heureux de trouver l'occasion de jeter l'opprobre sur nous trois, particulièrement sur le plus faible, un garçon qui plus est, dont tout le monde est allé répétant la question posée au dernier des Pythre, puis finissant par la changer en constatation, avec des phrases dont je me souviens encore et qui peuvent se résumer par celle-ci :

« Ce pauvre petit, c'est vrai qu'il est laid. »

Je me retrouvais habillé d'un surnom qui, en patois, n'avait pas toute la force de son équivalent français : le laidassou, terme que j'entendrais pour la première fois dans la bouche de Jeanne Berthe-Dieu, un soir où j'étais allé chez elle regarder la télévision (que nous n'avions pas à la maison, ma mère jugeant indigne de nous ce divertissement populaire dont elle redoutait qu'il m'empêche de lire, alors que c'était dans le pouvoir d'anéantissement du monde donné par les livres que je trouvais, déjà, une consolation).

On diffusait ce soir-là *Naïs*, de Marcel Pagnol, un vieux mélodrame dans lequel Fernandel, acteur dont le visage est un parangon d'émouvante laideur, joue le rôle d'un bossu, amoureux transi de la fille de la maison, ver de terre épris d'une vacillante étoile mais capable dans son muet amour comme dans son monologue sur les petits bossus et le duc de Lauzun d'attendrir un bloc de granit, en tout cas nous faisant larmoyer sans retenue, Jeanne Berthe-Dieu et moi, qui, sans être bossus, n'étions pas plus beaux l'un que l'autre, elle avec son visage creusé, son nez bourbonien, ses lèvres trop minces, ses yeux d'un bleu si pâle qu'elle paraissait absente, et moi avec ce qu'on m'avait dit que j'étais, jusqu'au moment où cette brave femme s'est retournée vers moi pour me lancer, irritée, mais avec l'expression de la plus entière compassion :

« Mon pauvre laidassou, tu ne dois pas être bien heureux… »

V

J'étais ce laidassou, et qui avait de qui tenir, non pas de sa mère, que sa distinction mettait à part, mais du côté du père, assurait-on, bien que peu l'aient connu ou aient simplement vu à quoi il ressemblait : un étranger, en quelque sorte, puisque de Bort-les-Orgues, petite ville située à une soixantaine de kilomètres de Siom, à la limite du Limousin et de l'Auvergne, dont le seul enfant mémorable est Jean-François Marmontel, écrivain célèbre au siècle des Lumières et aujourd'hui à peu près oublié, y compris à Bort ; aussi oublié que mon père, que ma mère avait rencontré je ne sais où, un homme de la ville, donc d'une famille inconnue à Siom, et qui passait son temps sur les routes comme un barraquin, même si c'était pour son métier de transporteur qui l'amenait quelquefois à Siom, où Jacques Lauve louait ses services pour convoyer du bois. Lauve que sa femme quitterait à peu près dans le même temps que mon père se séparerait de ma mère, alors que j'avais dix ans, ce qui me ferait prendre en pitié son fils, Thomas, mon silencieux et solitaire condisciple à l'école de Siom, sans doute parce qu'il est terrible d'être abandonné par sa mère, surtout une aussi belle personne qu'Anne-Marie Lauve, que son fils passerait sa vie à tenter de retrouver, à Paris, tandis que je rejetterais dans l'oubli, moi, le visage d'un père que je n'ai presque pas connu et qui se tuerait accidentellement, quelques années plus tard, près de Caussade, dans le Tarn-et-Garonne, un soir d'hiver, ne me laissant de lui qu'un visage épais, sombre, aux sourcils trop fournis. C'était, si je m'en souviens bien, ma mère ayant fait disparaître toute photo de lui, un homme aux mains épaisses et aux larges épaules, au verbe malaisé, un taciturne, même, souvent renfrogné, comme s'il ne se trouvait pas à sa place parmi nous : souvenir qui m'aurait empêché de croire à l'amour conjugal si mon visage n'en avait décidé pour moi. Autre souvenir, non moins confus : ce soir de septembre où il est venu avec son commis charger le mobilier de notre maison, à Bort-les-Orgues, pour l'installer dans celle que ma mère avait trouvé à louer à l'entrée de Siom, afin d'échapper à la honte d'avoir été abandonnée et aussi à l'odeur des tanneries qui, à cette époque, empuantissaient la vallée où est bâtie la ville — tous les meubles, sans exception, comme s'il voulait non seulement ne plus rien posséder de ce dont il avait pensé être accompagné jusqu'à sa mort, mais qu'il devinât l'accident qui lui serait fatal ou, disaient certains, qu'il avait provoqué.

« Toute vie est une faillite sans fin », me dirait ma sœur, une des rares fois où nous avons parlé de notre père. Je m'étonnais d'entendre dans sa bouche une de ces vérités générales, un de ces lieux communs qu'elle faisait profession de bannir de ses propos, sa phrase rappelant celle qui ouvre *La fêlure* de Fitzgerald, écrivain que ni elle ni moi n'aimions vraiment, sauf pour cette formule, laquelle était néanmoins trop célèbre pour être employée par des gens qui, comme nous, n'ont de beau que leur souci de la vérité.

Ma sœur, ma grande, ma forte sœur, avait elle aussi ses moments de détresse ; ils me la rendaient plus chère ; ils me faisaient comprendre que je ne m'étais jusque-là jamais posé la question de savoir si je l'aimais : elle avait toujours été là, avant moi, pendant mon enfance et mon adolescence, puis dans ma vie d'adulte, et je ne peux imaginer qu'elle ne sera pas là lorsque je ne serai plus de ce monde. Je ne me demandais pas non plus si elle était bonne, ou simplement gentille : elle était dure, et, plus encore que ma mère, éprouvée par une vie qui faisait de chaque jour une victoire sur le vertige qui la guettait, et auquel j'avais, moi, tendance à m'abandonner. Je m'aperçois que, muré dans mes certitudes, je n'ai jamais cherché à savoir qui est ma sœur. Elle a toujours été ça : ma grande sœur, celle qui, plus encore que ma mère, m'a révélé ma condition d'homme laid et qui aura passé sa vie à tenter d'adoucir la plaie que toutes deux avaient ouverte en moi. Non qu'elle se soit exactement sacrifiée pour moi ; elle avait, faut-il le redire, pris la place de ma mère, surveillant mes devoirs, m'achetant des livres, m'habillant, préparant des repas qu'à cause du métier de ma mère nous prenions souvent seuls, elle et moi, puis m'emmenant avec elle, à Ussel, où elle enseignait dans le lycée où j'étais élève, trop heureux de quitter Siom où ma condition de laidassou ne me permettait plus de vivre normalement, si tant est qu'il puisse y avoir une existence normale pour quelqu'un comme moi, et même pour tout le monde, l'existence, de quelque façon qu'on l'envisage, n'étant jamais qu'une sorte de désastre auquel la société, les autres, le temps nous forcent de consentir.

C'est pourtant à Ussel, grise sous-préfecture de haute Corrèze que je croyais assez grande pour m'y faire oublier, que j'ai trouvé les terribles miroirs que sont les yeux des filles, et non seulement celles qu'on dit jolies, mais les autres, surtout les laides : la conscience de ma laideur avait fini par m'ouvrir les yeux sur autrui, rendant notamment caduques les paroles de Jean Pythre sur les femmes.

Mais si je découvrais qu'il y a des femmes laides, c'était pour apprendre à mes dépens combien ces dernières sont cruelles avec ceux qui leur ressemblent, femmes et hommes, à qui elles font payer leur disgrâce, particulièrement ceux qui ont l'air faible, fût-ce pour mieux les consoler et se donner ainsi bonne figure. Une cruauté qui est la chose du monde la mieux partagée, surtout quand on trouve plus laid que soi. Un garçon d'un naturel aussi craintif que le mien était donc, outre sa laideur, une proie toute désignée.

J'ai dû affronter ce surcroît de souffrance, moins au lycée, où j'étais protégé par la situation de ma sœur, que dans la rue, dès que je sortais de classe en compagnie de condisciples que je ne pouvais éviter, parmi lesquels des Siomois qui avaient, bien entendu, révélé le surnom dont on m'affublait là-bas.

Je ne veux pas me faire plus malheureux que je n'étais ; la laideur avait quelque chose d'une qualité : elle m'apportait une sorte de gloire par défaut à laquelle seule l'écriture, me dirait bientôt ma sœur qui rêvait pour moi d'un destin d'écrivain, pourrait un jour donner son véritable éclat. Mieux valait être ce que j'étais que ces garçons aux visages sans relief, quelconques, oscillant entre une beauté incertaine et les forces obscures qui travaillent à la nier, pour les faire choir, la plupart du temps, dans l'insignifiance. Le besoin de moquer, de salir, de rabaisser, de bannir, est une loi sociale autant que psychologique, dont celui qui en fait les frais, pour peu qu'il ne soit pas conduit à aimer sa souffrance, peut tirer une satisfaction dans le pire qui outrepasse la trouble et obscène relation qu'une victime noue avec son bourreau.

Victime, je l'étais avant tout de moi-même, pour me résigner à vivre au-dessous de ma gloire, personne ne pouvant m'amener à changer là-dessus, pas même la seule fille avec qui j'entretenais, à Ussel, une relation de franche camaraderie, pensant encore, à quatorze ans, possible l'amitié entre des personnes de sexes opposés, mais ne croyant pas Brigitte lorsqu'elle me disait gentil — épithète dans laquelle je sentais un frémissement de pitié que je tâchais de décourager en me montrant enjoué, léger, indifférent. Nous nous rencontrions à l'insu de tout le monde, il est vrai, le mercredi après-midi, rue de l'Église, dans l'arrière-boutique du magasin de chaussures tenu par ses parents qui s'étaient d'abord sentis honorés que le jeune frère d'un professeur agrégé de lettres classiques goûtât la compagnie de leur fille unique, et sans doute rassurés par ma laideur, qui leur faisait oublier celle de Brigitte.

Tout autre que moi aurait cherché à dominer la jeune fille, non parce qu'elle lui aurait plu mais parce que, ne lui plaisant pas, il aurait fallu quand même remporter une de ces terribles victoires sur l'autre qui sont le lot des relations amoureuses, quand elles ne sont pas une défaite mutuellement consentie. Sans me parler ouvertement de mon visage, Brigitte éprouvait le besoin de me dire que nous ne sommes laids que dans le regard que nous croyons que les autres portent sur nous : affirmation qu'elle ne me lançait pas formulée de la sorte, car elle n'était pas très intelligente, ni très généreuse, mais qui lui venait de ce qu'elle découvrait par elle-même, et qu'elle faisait suivre de « qui se ressemble s'assemble », une de ces formules toutes faites à quoi on ne trouve généralement rien à répliquer. Or je désirais tout, sauf ressembler à Brigitte, en outre soucieux d'être non pas aussi dépourvu qu'elle de beauté ou de grâce, mais incomparablement laid, oui, pour garder l'absolue prééminence de ma laideur, et m'efforçant dès lors non pas de convaincre la jeune fille qu'elle était belle, elle ne m'aurait pas cru, et je doute si j'y serais parvenu, même en tenant compte de l'aveuglement sur soi grâce auquel bien des femmes se soumettent dès lors qu'on parle d'autre chose que de la marche du monde, mais de l'assurer qu'elle n'était pas dépourvue de cette fraîcheur qui fait le charme des déshérités.

Nos conversations avaient la plupart du temps un autre tour. Je parlais beaucoup, et je devais être le garçon le plus ennuyeux du monde, surtout à propos des livres que je découvrais et qu'elle ne lisait pas, n'aimant pas lire, ajoutant à sa disgrâce ce manque de goût. Peu m'importait, d'ailleurs : j'avais besoin de parler, et elle était la seule avec qui je pouvais le faire, n'ayant jamais aimé la compagnie des garçons avec qui ma sœur me répétait qu'il eût été bon de me retrouver, pour sortir un peu du monde désert des livres. Brigitte ne lisait pas mais elle ne détestait pas de m'entendre parler des livres, surtout de certains romans, qui lui donnaient l'occasion d'évoquer la seule chose qui l'intéressât : l'amour, dont elle était plus tourmentée que d'autres, disait-elle avec des airs languissants, entrecoupés de soupirs et de ces serrements de mâchoires qu'on peut avoir, à quatorze ans, lorsqu'on veut se donner une contenance et qu'on hésite entre la sentimentalité et le besoin de répondre à ce que dicte le corps.

Ses yeux seuls étaient beaux. Pour le reste, elle était maigre, avec un visage légèrement de travers, la face plate, le nez brillant, de longs cheveux châtains qui lui obscurcissaient la figure. Une absence de beauté qui la rendait plus proche de l'insignifiance que de la laideur, et que j'ai appris à cesser de voir, dans la réserve aux chaussures où nous nous tenions, et où il régnait, outre l'entêtante odeur de cuir neuf, une pénombre à peine dissipée par la lumière d'un haut fenestrou, et où, étrangement, ses parents toléraient que nous restions. Elle disait croire au grand amour, ne désirer rien d'autre, s'étonnant que je n'y croie pas, que j'aie toujours des « idées négatives » à ce sujet, que j'envisage de vivre sans amour, que je voie la fin de toute chose avant d'avoir vécu, comme si j'avais cinquante ans.

« On a même l'impression que tu les as, ces cinquante ans », ajoutait-elle en se rapprochant de moi pour mieux distinguer mes traits, et vérifier ce qu'elle avançait avec un aplomb que je n'ai vu que chez les jolies femmes et qui fait que même les moins intelligentes peuvent deviner certaines choses, tout comme elles sont capables de mentir ou de se donner avec génie, les hommes ayant presque toujours l'air, à côté d'elles, de veaux qu'on lâche dans un pré. Et Dieu sait si, d'une certaine façon, elle avait raison de soutenir que j'étais vieux : la laideur, autant que la vieillesse, est le contraire de la jeunesse, et contre ce vieil homme j'avais déjà à lutter.

J'ai pensé que c'était là une façon de ne pas dire les choses franchement, et qui n'avait pour but que de m'apporter le plus beau démenti : m'embrasser ou, plus exactement, embrasser un garçon pour la première fois de sa vie. Et toute laide qu'elle était, si laide même, au moment où elle avançait, pensais-je, le visage vers moi, qu'il me semblait lui faire une faveur en laissant ses lèvres se poser sur les miennes, précédées, embellies, reconnaissons-le, par un souffle qui me paraissait exquis, quoiqu'il eût l'âcreté donnée par un estomac vide et criant d'une faim qui n'était pas celle que je croyais mais à laquelle je m'efforçais de trouver un avant-goût de bonheur, j'ai été sur le point de la trouver séduisante, fermant les yeux comme ceux que j'avais vus s'embrasser à la sortie du lycée, et surtout pour ne pas voir de plus près cette peau grasse et boutonneuse, ces traits disgracieux, tout ce sur quoi j'étais prêt à passer mais qui, alors qu'elle n'était plus qu'à quelques centimètres de mon visage et que je me demandais à quel moment il fallait ouvrir la bouche et avancer la langue, n'a pas empêché Brigitte de me repousser violemment, et de me lancer, indignée, et, je l'avoue, presque jolie dans sa colère qui n'était peut-être qu'une façon de prévenir la déception qu'elle imaginait que j'allais trouver en elle, refusant le pouvoir de transfiguration momentanée octroyé par le trouble, et continuant, par ignorance autant que par crainte, à jouer les sentiments contre le désir, et refusant cette expérience qui ne lui aurait pourtant pas tant coûté et qui nous eût tous deux délivrés :

« Mais tu te prends pour qui, laidassou ! »

Je me suis mis debout, les mains ouvertes, loin du corps, cloué à moi-même par ce sexe qui avait durci en moi malgré le mouvement que j'ai fait pour retrouver ce que je dois appeler ma dignité, comme disait ma mère qui soutenait, je le comprenais à présent, que celle-ci peut tenir lieu non pas de beauté mais de bonne apparence. J'ai tenté d'avaler une insulte à laquelle j'étais certes habitué mais que je ne m'attendais pas à entendre dans la bouche de Brigitte, *a fortiori* dans une telle situation, mon sexe durcissant davantage, son aplomb, sa rigueur irréfutable (je n'ose dire sa beauté) jurant pour ainsi dire avec ce que je savais de mon visage, lequel devait à cet instant s'agrandir d'un sourire de sourd, me rappelant la terrible contradiction entre désir et beauté, puis laissant jaillir ma semence sans m'être touché ni trouver là du plaisir, un peu comme on se pisse dessus, ai-je pensé, tandis que Brigitte se reprenait, et chuchotait en se mordant les lèvres, l'air défait, une pitié triomphale dans les yeux :

« Pardon, pardon, ce n'est pas ce que je voulais dire. »

Je n'avais rien à reprocher, rien à pardonner ; c'était moi qui m'étais mis dans ce bain, prenant mes désirs pour la réalité, et un alanguissement soudain pour un de ces signaux de consentement qu'il revient aux seules femmes d'émettre, fût-ce en montrant le contraire de ce qu'elles désirent, et alors que je n'avais nulle réelle envie de l'embrasser, pas même pour me dire que je n'étais pas différent des autres, que j'avais embrassé une fille, satisfaisant une curiosité qui, reconnaissons-le, ne me laissait plus en paix, à voir les garçons de mon âge se comporter en conquérants blasés avec les filles, et celles-ci faire mine de s'en défendre pour mieux s'abandonner.

« Tout est de ma faute », ai-je murmuré en songeant non à ce qui avait eu lieu mais à ce que je redoutais qu'elle devine pour peu qu'elle baisse les yeux vers la tache qui se dessinait à mon entrejambe et qui semblait devoir monter à mon front, comme l'étoile du soir dans le ciel d'été.

VI

Bien des années plus tard, cette scène me revient à l'esprit dès que je me trouve non seulement en face de femmes que je puis dire jolies et qui me témoignent un intérêt sur lequel je ne me méprends pas, puisque c'est ce que je suis devenu (le rédacteur en chef d'un petit hebdomadaire soutenant la cause d'un homme politique limousin bien en cour mais dont les idées ne m'intéressent pas plus que s'il était de l'autre bord) qui peut, dans une certaine mesure, servir l'homme que je suis à présent, voler à son secours, faire oublier sa disgrâce, mais aussi devant des femmes moins jolies, ou sans beauté, voire à peu près laides et qui ne cachent pas que c'est moi qui les intéresse, ce que j'ai d'ailleurs toujours peine à admettre et qui me force à faire semblant de les croire, à penser qu'elles feignent, qu'elles se leurrent comme on ferme les yeux pour surmonter son dégoût, la cruauté et l'abjection étant la seule issue à une situation que le désir, funeste, ambigu, mais impérieux, rend impossible tout en retournant comme un gant cette impossibilité.

Je n'étais pas au bout de mes peines, ce jour-là, dans la réserve à chaussures, ni en reste d'émerveillement, Brigitte se retournant brusquement vers moi, me prenant la main, m'attirant vers elle, soulevant son chandail pour plaquer ma paume sur un sein, et sans fermer les yeux, comme j'imaginais qu'on faisait et qu'il me fallait moi aussi le faire pour bénéficier d'une telle privauté, mais en me regardant fixement, presque avec froideur, du moins avec une curiosité avide, m'empêchant cependant d'aller plus loin, de glisser mon autre main sous le soutien-gorge pour palper cette chair que je sentais molle, douce et ferme tout à la fois, et qu'elle m'interdisait sans doute parce qu'elle redoutait qu'on ne nous surprît, ou que c'eût été là une faveur excessive, qui nous aurait menés trop loin, ayant peut-être vu mon sexe se durcir de nouveau, craignant enfin que je ne trouve pas sa chair à mon goût, et ne pouvant pas ne pas deviner quel contrepoids ses seins pouvaient jouer dans la balance où se pesait sa laideur.

Des seins presque aussi volumineux que ceux de Lucie Piale, à qui j'ai songé, à ce moment, et que, je le redis, je tâcherais de retrouver dans toute femme, surtout chez les prostituées que je choisirais, la plupart du temps, pour la qualité de leur poitrine, déplorant qu'en général elles n'aiment pas qu'on la leur caresse, encore moins qu'on en approche la bouche, à moins d'y mettre le prix et d'y porter la main le plus doucement du monde, en un geste qui ferait du client un amant familier.

« C'est l'odeur du cuir qui nous a tourné la tête », a chuchoté Brigitte en rabattant son pull-over sur un ventre un peu gras et trop blanc.

À ce moment (celui où je sentais encore frémir le sein dans ma paume, malgré le soutien-gorge dont je regrettais qu'il eût une armature si forte, et qui m'a fait préférer les soutiens-gorge souples, quitte à ce que les seins tombent un peu, ce qui n'est d'ailleurs que plus émouvant puisque les seins, loin de rester marmoréens, comme dans la statuaire grecque qui à cette époque représentait pour moi l'idéal du corps féminin, les seins ont une vie autonome et bouleversante qui rend insupportable l'immobile perfection des poitrines siliconées), à ce moment j'aurais tout donné pour voir nue devant moi cette chair : toute ma vie était là, enfuie, présente et à venir ; et si j'ignorais que le poids de ces seins appelait un tout autre poids, celui d'un corps pesant sur le mien et me délivrant de ce qui hurlait dans la nuit de mon propre corps, je devinais que tout se jouait là, pour moi, à quatorze ans, dans la remise d'un magasin de chaussures, rue de l'Église, à Ussel, avec un laideron qui avait eu un geste inoubliable, dicté par ce qu'on nomme l'intuition féminine, laquelle n'est souvent que l'intelligence de situations où la générosité des sens entre en jeu, et d'une façon presque aussi merveilleuse pour moi que pour Antoine Doinel avec la femme du chausseur qui l'emploie, dans *Baisers volés*, le film de Truffaut que j'avais vu les larmes aux yeux, à la télévision, chez un camarade de classe dont la mère, extraordinairement jeune, ne m'émouvait pas moins que Delphine Seyrig, étant à un âge où les mères de mes camarades me faisaient plus rêver que leurs filles.

J'aurais tout donné pour cette dénudation. J'aurais même accepté de voir réduite en cendres la main qui aurait touché sa poitrine. Au moins lui ai-je arraché la promesse qu'elle me les montrerait, ses seins, un jour — un de ces jours sans aube, puisque nulle promesse ne sera tenue et que le temps est l'autre nom de cette trahison par défaut et, généralement, son pardon. La mère n'avait pas besoin de nous surprendre pour avoir idée de ce qui se passait dans la remise. Elle interdit à sa fille de me fréquenter.

« Il est vraiment trop laid, ça nous saurait mal », lui avait-elle dit en usant d'un régionalisme qui avait valeur d'argument et que Brigitte me rapporta sans détour, avec l'air qu'avait dû avoir sa mère en me bannissant du magasin : non pas du regret, encore moins de la pitié, mais un franc dégoût, la mine de quelqu'un qui parle par privilège et non pour la vérité, comme c'est toujours le cas lorsque l'ordre social est en jeu.

Une fille de commerçants ne pouvait fréquenter longuement et sans se cacher un garçon au visage d'orphelin, avais-je entendu dans la bouche de Brigitte pour qui le mot d'« orphelin » était une manière de ne pas prononcer celui de « divorcé », encore infamant, à cette époque, dans cette ville cernée par une campagne arriérée, orphelin évoquant surtout pour moi ces domestiques de ferme venus pour la plupart d'orphelinats que j'imaginais comme de mystérieux couvents où les filles perdues venaient délivrer leurs entrailles, et qui avaient l'air poussés comme des noyers sauvages, presque tous laids, souffreteux, solitaires, même quand ils devenaient, comme le petit René Nifle, à Siom, des enfants de la famille qui les employait mais à qui on n'aurait pour rien au monde accordé sa fille, fût-elle contrefaite et incapable d'espérer se trouver un mari.

C'était ainsi, je n'étais rien et, outre ce néant, ma laideur était de trop, ma vilaine figure me renvoyant à une solitude d'enfant naturel et quasi maudit, malgré ma mère à présent remariée à un receveur de la poste de Meymac, petite ville située à mi-chemin environ de Siom et d'Ussel, et ma sœur professeur au lycée : je ne faisais pas le poids devant ces commerçants aisés, à tout le moins estimés dans Ussel, et sans doute estimables.

Je n'existais que par une laideur qui était l'oriflamme de ma solitude, par conséquent infréquentable, la province continuant à jouer l'apparence contre l'essence, disait ma sœur, qui en souffrait elle aussi, et ne rêvait que de quitter Ussel pour une grande ville.

VII

Je n'étais pas seulement laid : j'étais trop laid, ce bref adverbe résumant une situation qui me découvrait chaque jour l'immensité de ce qui m'était réservé. Il me fallait trouver des solutions qu'aucun livre ne proposait, ni aucune bouche. Me dire trop laid était pour les Nègre, les parents de Brigitte, une manière de plonger le visage de leur fille dans une eau qui l'aurait transfigurée, ce qui eût mieux correspondu à son rang social, la rendant à la fierté de s'appeler Brigitte : on était à l'époque où Brigitte Bardot était un mythe érotique vivant et c'était en hommage à l'actrice qu'elle avait été prénommée de la sorte, et aussi, peut-être, pour faire oublier ce patronyme, Nègre, qui ne signifiait que noir, comme dans Lenoir, mais qu'ils jugeaient détestable à cause de ces nègres, comme ils disaient, qu'on commençait à voir de plus en plus nombreux, en France, ce qui était, pour eux qui avaient eu un parent sergent dans la Coloniale, en Afrique-Équatoriale française, le monde à l'envers, et leur faisait espérer qu'un garçon de constitution normale épouserait un jour leur fille pour lui donner un autre nom et, avec lui, une autre figure, tant il est vrai que les noms et les disgrâces sont liés comme la peau et le sang, s'appeler Pythre, Nifle ou Zirphile ne pouvant être une chance, encore que j'aie connu une Normande, Geneviève Lehideux, qui, quoique jolie, semblait tout faire pour s'accorder ironiquement à ce nom dont elle tirait autant d'orgueil que de dépit et qui, somme toute, la rendait plus belle qu'elle n'était. La banalité du mien, elle, ne m'a sauvé de rien : porteur d'un patronyme plus ronflant, j'en eusse peut-être été transfiguré et aurais rallié à ma bannière ce que ma figure éloignait de moi ; c'est pourquoi je me réjouis de ne pas porter le nom de ma mère, Champseix, son nom de jeune fille, car si, en Limousin, on prononce « é » les noms terminés en « eix », ailleurs il aurait constamment fallu reprendre les gens qui auraient dit « seixe », par ignorance autant que par joie d'ajouter à ma laideur le ridicule d'un « sexe ». Quant à mon exclusion de chez les Nègre, je la jugeais toute naturelle, et non seulement naturelle mais juste, prenant sur moi cette misère qu'est l'absence de beauté, trouvant de la consolation à penser que seule ma figure était vilaine, et non mon corps ni mon intelligence (si je peux parler ainsi sans paraître infatué) ou ce que les femmes (les seules, avec quelques chrétiens merveilleusement anachroniques) continuent d'appeler l'âme.

C'était la seule façon de ne pas me mettre à hurler, au milieu de la cour, parmi ces condisciples qui, loin de faire de moi un souffre-douleur, avaient fini par m'accepter dans ce cercle de feu qu'est la camaraderie adolescente, non pas en oubliant mon visage, mais en le cultivant, si j'ose dire, et s'en servant, eux, comme d'un faire-valoir, les garçons et les filles, particulièrement les jolies, qui, sachant que la beauté est une chose assez rare pour leur permettre de régner sur le monde, trouvaient là de quoi se donner bonne conscience à peu de frais, sans toutefois considérer le mal qu'elles me faisaient en m'embrassant sur les joues, en me prenant le bras, certaines se laissant aller contre moi, et estimant que l'illusion de leurs faveurs valait mieux que d'être au rebut. Et plus je tentais de me dérober à cette sorte de torture par l'espérance (une espérance dont je savais qu'elle ne pouvait qu'être infiniment déçue, non sans garder comme une grâce le fol espoir qu'un jour, par un aveuglement dont je n'imaginais pas la nature, une femme se donnerait vraiment à moi), plus elles me recherchaient, obéissant à une loi dans laquelle il entrait beaucoup plus d'orgueil que d'intérêt, ou bien le souci de se procurer des frissons à bon compte, comme on joue avec le feu, et s'étonnant de ne pas me voir en profiter, me dirait plus tard l'une d'elles, la plus jolie, d'une blondeur et de formes exquises, fille d'un pharmacien de Meymac, et dont l'avenir était tout tracé, ce qu'elle savait sans le savoir, vivant de cette demi-ignorance, par laquelle elle tentait de se persuader que la beauté et la liberté peuvent s'accorder souverainement, et qu'elle, Marie-Laure Espinasse, pourrait faire ce qu'elle voulait, notamment refuser le parti auquel on commençait à penser pour elle, et surtout m'embrasser, non plus comme elle le faisait, sur les joues, au lycée, mais sur la bouche, m'a-t-elle dit, quelques semaines plus tard, un soir de neige.

Je l'attendais place de la République, près de l'ancien hôtel de Ventadour, dont la masse de pierre grise, les fenêtres obscures, les tourelles, le portail Renaissance me faisaient songer à la Nouvelle-Angleterre. Je me tenais dans un coin d'ombre, prêt à voir apparaître un de ces spectres d'un nouveau genre dont j'avais découvert l'existence dans des nouvelles de Henry James et qui remplaçaient dans mes songes les vampires de mes terreurs nocturnes, avais-je dit à Marie-Laure qui m'avouerait par la suite que, plus que le reste (et par reste, elle désignait négligemment un visage, le mien, qui s'étendait aux dimensions de la nuit la plus noire), c'était cette remarque littéraire qui l'avait décidée à venir me retrouver. J'avais erré dans des rues où tourbillonnaient des flocons jaunis par la lumière des réverbères, où les passants pressaient le pas pour échapper à la nuit, tombée dès cinq heures du soir, tandis que je faisais cent détours pour ne pas arriver en avance place de la République, redoutant plus que tout le ridicule d'être planté là, dans la neige et le froid, à attendre une fille qui ne viendrait sans doute pas ou qui, si elle tenait parole, me laissait redouter qu'il se produise quelque chose de bien différent de ce que j'espérais, un tel bonheur ne pouvant m'échoir, mais, au contraire, quelque chose qui aurait à voir avec la nuit, la laideur, le froid, le rire, l'abandon. Et j'avais beau me préparer au pire, le pire n'est jamais ce qu'on croit qu'il sera, et la poigne qui me tordait le ventre ne se relâchait pas. J'aurais donné beaucoup, à ce moment, pour n'être pas là, mais chez ma sœur, aux toilettes, me délivrant les entrailles, un livre sur les genoux, dans la lumière d'une mauvaise ampoule et des puanteurs qui semblaient mieux s'accorder à ce que j'étais que le parfum de Marie-Laure Espinasse.

Ce qui me tordait le ventre, ce n'était pas le désir ou la peur, ni même le combat qu'ils menaient en moi, mais ce qui reste d'espérance, en dépit de tout, dans les situations les plus vaines, et que je n'étais pas encore en mesure d'appeler le possible, lequel est le nom apaisé de l'espoir, et dont l'idée serait tout ce qui resterait à un être tel que moi, dans cette ville de province dévorée par l'ennui et le conformisme : faire l'amour, écrire une œuvre, ou se tuer, oui, quelque chose de cet ordre, dont je devinais que Paris était le lieu, me disais-je en abordant la place de la République par une petite rue en pente, respirant profondément le vent qui m'arrivait avec des odeurs de feu de bois, de terre froide et de feuilles mortes venues de la campagne toute proche, cherchant en elles je ne sais quoi d'innocent, un peu comme on pense à sa mère au moment de sacrifier les plus pures images de son enfance ou de sacrifier cette mère.

La neige tombait doucement. J'y ai vu un signe favorable ; j'en ai souri ; j'en ai rougi. Marie-Laure se tenait de l'autre côté de la place, dans la lumière d'un réverbère, très droite, le visage d'une beauté irréfutable, ou que je trouvais telle parce que je savais qu'elle ne m'était pas destinée, quoiqu'on eût pu penser le contraire, à la voir ainsi offerte, me regardant approcher avec l'air d'être à moi, soumise et pleine d'impatience, et aussi (c'est le privilège de certaines beautés) me regardant avec une générosité qui ne saurait se mesurer, quelque chose qui n'existe qu'à proportion du silence où demeurera ce don ; un don qui n'a rien à voir avec la pitié et qui, une fois divulgué, serait entaché d'irréalité, aboli à la façon d'un secret de conte : faire croire à quelqu'un de laid qu'on ne le trouve pas tel, ou qu'il est loin d'être tel que tout le monde le voit.

Marie-Laure me souriait comme je ne l'avais jamais vue faire, ni à moi, ni, voulais-je croire, à nul autre ; c'est pourquoi, outrepassant ce à quoi le don de soi me permettait de m'attendre, je me suis enflammé non d'amour mais d'espoir, ayant alors l'idée que l'amour et l'ordre social n'étaient peut-être pas de même nature ni inséparables, et que j'avais mes chances. Cette notion de chance qui allait jouer un si grand rôle dans ma vie (et contre laquelle je lutterais, ruserais, m'insurgerais, moins pour la forcer que pour en finir avec sa dimension inévitablement sentimentale qui, je le sentais, ne pourrait que me perdre), cette chance n'était à ce moment que de la fatuité, laquelle n'allait cependant pas jusqu'à m'ôter toute raison. Je demeurais sur mes gardes : n'importe quel garçon, même normalement constitué, en aurait fait de même devant une aussi jolie fille que celle qui m'attendait sous son béret marron, qui lui allait à ravir, couronnant la masse dense et douce de ses cheveux blonds dans lesquels fondaient les flocons, ai-je pensé tout en sachant l'affaire perdue d'avance, et donc prêt à me perdre davantage, en une attitude que je garderais toujours, distant, lointain, passant même pour arrogant ou fat alors que je ne suis qu'orgueilleux par nécessité, et retenu par ce qui deviendrait une autre de mes devises — ou contre-devises : « Trop beau pour être vrai », avec cette douloureuse variante : « Trop belle pour moi », le vrai n'étant alors que la figure de l'impossible et la beauté celle de ma douleur.

Ce à quoi je m'attendais : tout et rien, l'espoir et sa négation luttant sourdement en moi, comme ils le feraient toute ma vie, quelles que soient mes résolutions, et, ce jour-là, quoi que j'aie pu m'interdire en pensant aux paroles lancées à la diable par Marie-Laure pour m'attirer place de la République, puis, comme je demeurais perplexe, au bord de refuser, réentendant ces autres, chuchotées près de mon oreille et qui me revenaient alors que je n'étais plus qu'à quelques mètres d'elle, avec, sans doute, sur le visage, l'expression extraordinairement niaise d'un garçon obtenant son premier rendez-vous :

« Tu ne veux donc pas être heureux ? »

Paroles évidemment ironiques, tout autre que moi l'aurait compris sur-le-champ, encore que nul n'eût pour visage l'espèce de sabot fendu qu'était le mien, avais-je entendu dire sur cette même place, un jour de marché, portant le kilo de poireaux que ma sœur m'envoyait acheter tous les dimanches pour la soupe de la semaine et dont la forte odeur et le goût restent indissociables de ma laideur. Oui, n'importe qui aurait été en mesure de croire en sa chance, tandis que je n'avais, moi, que le songe des heures fiévreuses qui me séparaient du rendez-vous ; des heures dont je n'ai pas oublié la ferveur, le trouble, l'impatience, et pendant lesquelles j'ai été étrangement heureux, non pas comme on se contente de merles, faute de grives, mais parce que j'éprouvais, malgré le doute et la crainte du ridicule, les mêmes sentiments qu'un garçon ordinaire : heureux de voir la jeune fille se séparer de la lumière, s'avancer vers l'ombre que j'étais devenu, et, arrivée devant moi, pencher la tête de côté pour me tendre non pas sa joue mais des lèvres entrouvertes, les yeux mi-clos, comme j'imaginais que les choses se passaient — notamment dans les films qu'il m'avait été donné de voir, et moi tel que je croyais devoir faire, fermant à mon tour les paupières et entrouvrant la bouche, après avoir jeté la cigarette dont la fumée m'asséchait le gosier mais que je m'étais obstiné à fumer pour ressembler à ce que je pensais être un garçon comme il faut, pour reprendre une expression de ma sœur, et pour que mon haleine fût virile, qu'elle ne sentît pas autre chose que le tabac blond que fumait également Marie-Laure qui, au moment où mes lèvres rencontraient les siennes et où il me semblait sentir la chaleur de sa langue telle une bête tapie et craintive, ferma la bouche, reculant avec un cri de musaraigne saisie par un chat-huant : ce cri minuscule avait, sous la neige, l'éclat d'un rire qui n'appartenait à personne.

« Non, pas la langue ! »

Ce n'était donc pas un vrai baiser qu'elle voulait mais, laissant mes lèvres toucher les siennes, se donner le frisson de goûter à la laideur autrement que par la vue, ou, peut-être, j'y reviendrai, l'impression, parce que vierge, de sentir un peu de cette virilité exacerbée et bienfaisante qu'on prête aux gens laids, de la même façon que les autres sens se développent considérablement chez celui à qui l'un d'eux fait défaut, comme l'odorat ou l'ouïe chez les aveugles. Et le frisson que j'ai vu sur sa figure, au moment où elle criait, était plus le signe d'un plaisir inattendu que celui d'un effroi : mise au défi d'embrasser le garçon le plus laid de la terre, elle avait, dansant au bord du vide, gagné son pari et une victoire sur elle-même.

Laid, certes, mais repoussant ? Humilié ou indigne de la lumière ? Toute la question était là, et je n'aurai pas assez de ma vie entière pour tenter d'y voir clair, après avoir entendu autour de moi des rires, des sifflets, des applaudissements, des cris d'effroi. Je suis resté seul, prêt à choir dans le précipice, moi aussi, à la limite de l'ombre et de la lumière, me forçant à rire, ravalant mes larmes, devinant que si je pleurais, à ce moment, je le ferais tout le reste de mon existence, craignant par-dessus tout d'être grotesque, sachant déjà que le ridicule ajouté à la laideur est un surcroît de disgrâce, et finissant par me trouver de la joie, une joie empoisonnée, celle d'avoir, quel qu'en fût le prix, connu la douceur des lèvres de Marie-Laure Espinasse, inacccessible jeune fille que seul le fils du sous-préfet avait embrassée, disait-on, et encore était-ce probablement une fable, ce jeune gandin ne fréquentant pas notre lycée et passant pour si raffiné qu'on murmurait qu'il préférait les garçons aux filles ; préférence si extraordinaire qu'à quinze ans je ne me représentais pas en quoi elle consistait et qu'elle me fit horreur lorsque quelqu'un me dit que, puisque les filles m'étaient interdites, je pourrais toujours tenter ma chance avec les hommes ; ce qui me donna presque le dégoût du sexe auquel j'appartiens, me laissant bien décidé à me ranger du côté des femmes, et d'une façon si particulière qu'elle a donné à ma vie un pli que je tente d'expliquer aujourd'hui, n'ayant pas l'habitude de parler de moi, et pour cela usant d'un ton qui semblera hautain, intemporel, voire anachronique, une sorte de masque, mais qui est la seule manière que j'ai de trouver la vraie perspective de ce récit, celle d'un vertige, ma sœur m'ayant fait comprendre que les choses complexes et les sordides se rejoignent dans la nécessité d'être dites en une langue dont la tenue soit à mille lieues de l'abjection et de la noirceur qu'elle dévoile.

« On peut tout dire, pourvu que ce soit avec

noblesse », me répétait-elle pour m'encourager à poursuivre.

Je n'avais pas tout perdu : j'avais en quelque sorte profité de la situation, et goûté du bout des lèvres au plus beau des fruits, ce qui n'était déjà pas si mal et, loin d'en être aussi humilié que je le craignais (ce n'était d'ailleurs pas le but de ceux qui avaient préparé ce traquenard et qui n'avaient aucun intérêt à voir s'en répandre le bruit), je m'estimais heureux, et je l'ai dit à Marie-Laure, tout bas, alors qu'elle s'était rapprochée de moi pour poser sa main sur mon épaule, et se faire pardonner, cherchant à m'embrasser franchement, cette fois, et moi la repoussant pour lui dire que je ne voulais pas tout gâcher.

« Je ne comprends pas », a-t-elle murmuré, et, les larmes aux yeux, elle se pressait davantage contre moi, cherchait une bouche que je lui dérobais tandis que ma main, entre les pans de son manteau, lui caressait les seins, bien plus petits que ceux de Brigitte Nègre mais non moins émouvants dans leur fermeté de fruits verts. Elle me laissait faire, les yeux ouverts, presque égarés sous la neige qui tombait de la nuit bien plus que du ciel, éprouvant sans doute là quelque chose qui la faisait verser du côté de ce qu'on appelle le mal, lequel n'est, dans ce cas précis, que la face obscure du plaisir, et qui lui signalait qu'elle allait trop loin mais que c'était là qu'il fallait aller : une chose qu'elle se devait à elle-même, et qui ne se réaliserait peut-être jamais, mais à laquelle elle penserait comme on rêve d'être immortel, téméraire ou libre, ainsi qu'elle l'avait été, en ce jour où, avec moi, les limites de ce qu'elle croyait raisonnable avaient été franchies, et où elle savait qu'il fallait s'arrêter, comme elle me le dit bientôt en me montrant un visage qui semblait sortir de l'eau, déçue, presque irritée, et, l'orgueil reprenant le dessus, étonnée qu'un laidassou tel que moi lui résistât tout en cherchant à en profiter, dirait-elle plus tard. Elle était injuste, toutes les jolies filles le sont, mais aussi prête à se griffer la figure. Il me suffisait de savoir que cet épisode lui avait, comme à moi, tourné la face vers le soleil des tigres, telle Juliette, une jeune femme que je rencontrerais, bien des années plus tard, et qui, se sachant d'une incomparable beauté, voulait, en hommage à une enfance très dure pendant laquelle elle disait avoir été laide, se montrer souriante, avenante, ouverte à tout le monde, incapable même de se refuser, particulièrement aux gens laids et aux vieillards, comme si elle voulait expier un visage et un corps qu'elle pensait ne pas mériter.

« Tu es décidément impossible », m'a encore dit Marie-Laure, avant de se mettre à courir dans la neige avec une grâce que je n'aurais pas crue possible chez une femme, surtout en de telles conditions, volant vers la ruelle où l'attendaient les amies qui, ai-je pensé en frissonnant, espéraient voir d'une façon ou d'une autre mon sang couler sur la neige.

VIII

Impossible ? Voilà qui me convenait mieux que laid et qui n'était pas un euphémisme, puisque, contre toute attente, quelque chose avait enfin eu lieu : un semblant de baiser, le contact d'un visage ravissant qui, vu de près, et malgré les quelques imperfections que j'y trouvais, me paraissait une terre inconnue, et d'une poitrine que j'avais pu caresser à ma guise et dont la chair ne ressemblait à rien de ce que j'avais pu toucher jusque-là, même à travers l'étoffe, et d'une haleine qui n'était pas, comme chez Brigitte, celle, un peu douceâtre, d'une trop jeune fille à l'estomac serré, mais, déjà, l'haleine d'une femme : un mélange de tabac blond et de chewing-gum, avec une légère âcreté prompte à se muer dans la rencontre des souffles en une terrible douceur dont j'aurai, pendant des années, et sans doute jusqu'à la fin, la nostalgie. De ce baiser, je n'ai pourtant tiré nulle conclusion, sinon que ce qui s'était passé n'était pas une exception destinée à confirmer la règle de la solitude engendrée par mon apparence (seul, je le serais toute ma vie, comment dès à présent ne pas le savoir ?), mais une sorte de miracle que je ne pouvais ériger en loi — un hapax, me dirait ma sœur, cela même dont l'occurrence est unique ; et encore était-ce là un événement qu'il me fallait, pour le supporter, rendre à la banalité des circonstances dans lesquelles il avait eu lieu, plutôt que de me dire naïvement qu'un hapax était, comme le basilic, un petit monstre littéraire à quoi je ressemblais, moi qui, au moins une fois, aurai sans être réduit en cendres tenu dans mes bras la vraie beauté.

Laid comme un pou, comme un crapaud, comme un cul, comme les sept péchés capitaux, laid à faire peur, plus laid que le diable, face de silène, tête de gorgone, épouvantail, Caligula, Quasimodo, chevalier à la triste figure, monstre de Frankenstein, face du grand Pythre : j'ai connu la litanie des métaphores, à Siom et ailleurs, et j'ai compris qu'on n'est pas laid comme ça, en soi, mais que la laideur frappe si vivement ceux qui la regardent qu'ils ont besoin d'éléments de comparaison pour s'en défendre ou la tolérer : une façon de la relativiser — une figure de style qu'il s'agit d'inscrire dans un contexte plus général, par exemple dans la grande mythologie animale qui nous rapproche, nous, les laids, d'une forme de beauté, laquelle obéit aux mêmes métaphores, laid comme un crapaud ou beau comme une biche se rejoignant dans l'impossible désignation de ce qu'est exactement une personne laide ou quelqu'un de beau. De là ma décision de parler le plus librement de moi et de mesurer à l'aune de ma figure les visages qui surgissent autour de moi, tous les visages.

Je ne prévoyais bien sûr pas les déviations des manières de penser contemporaines pour qui, aujourd'hui, tout est beau, au moins moralement : une dignité de façade, égalitaire et hypocrite, qui fait non pas trouver réellement beaux les disgraciés, les obèses, les handicapés, les mongoliens, sur les amours desquels je n'aurais jamais pensé qu'on se pencherait un jour avec une curiosité d'ethnologues attendris, mais leur octroie une beauté plastique, il faut bien le dire, et j'en savais quelque chose, pour avoir surpris, à Siom, des accouplements de la sorte, ou contre nature, et les renvoie, ces éclopés, ces avortons, ces demeurés, à la solitude d'une compassion obligée, ou de prétendu respect. Le visage est aujourd'hui la place forte d'une identité partout ailleurs battue en brèche, et attenter au visage un délit qui rendra bientôt la littérature impossible, soutient ma sœur, grande lectrice de Voltaire et qui voit se réduire peu à peu cette forme civilisée de l'insulte qu'est l'ironie.

Je sais à quoi je ressemble et, sans me cacher, je m'efforce d'être discret, m'exposant le moins possible, choisissant la pénombre au lieu du plein soleil. C'est pourquoi la vue d'un mongolien sur une plage ou dans un restaurant me scandalise, non parce que, trouvant plus disgracié que moi, j'aurais ainsi l'occasion d'atténuer par contraste ma laideur ou de me sentir vengé, mais parce que m'exaspère le larmoyant souci de ne pas exclure, lequel n'est que l'ancestrale peur des gueux, des réprouvés, des maudits, c'est-à-dire une manière de refuser de voir et de nommer le monde. Je n'ai, sauf pour quelques enfants, aucune compassion pour mes semblables ni pour les autres disgrâces. Je me sens même de l'indignation à être dévisagé par des gens laids. J'ai par exemple en horreur les obèses, leur souffle, leur odeur, leur façon de se mouvoir, leurs exigences ; ils me répugnent, moi qui appartiens à la race des minces, après avoir été d'une grande maigreur ; et je me souviens, en mai dernier, sous le fade ciel d'Île-de-France, me promenant dans le parc du château de Chantilly en rêvant à l'Adrienne et aux filles du feu de Nerval, d'avoir été saisi d'effroi en découvrant une mariée obèse, dans une robe magnifique, au bras de son époux, un jeune homme au visage et au corps si fins qu'on se révoltait de le voir pris à ce piège avant de se demander s'il n'était pas un gigolo et cette cérémonie une parodie de mariage, la jeune obèse voulant se donner cette illusion d'être comme tout le monde, avec l'air d'y trouver son compte, éperdue de bonheur, un grand sourire étiré dans sa face de poisson pâle.

Il y a quelque chose d'insoutenable dans mon propre visage, je le sais, mais la façon dont je vis n'autorise aucune pitié à mon endroit, nulle considération particulière, et ne faisant pas une bannière de ma laideur, ni un objet de curiosité, je peux trouver obscène la grande sensiblerie contemporaine. Ma laideur est ma richesse ; elle me donne à moi-même comme je suis et non tel qu'on voudrait que je sois : un humilié, un offensé, pour parler comme Dostoïevski, ce grand connaisseur de la souffrance humaine que très tôt m'a fait lire ma sœur. J'avais pris le parti de ma laideur dès l'époque où, avec Brigitte Nègre puis Marie-Laure Espinasse, j'avais compris que me fuir ne servirait à rien, que les autres ne me fuyaient pas, eux, qu'ils étaient de plus fidèles miroirs que les glaces auxquelles je livrais furtivement mon visage ; et, plus que dans les miroirs, les yeux des femmes et des hommes, ou même le regard de ma mère, c'était en moi que je découvrirais peu à peu ce qui rend supportable l'existence : la connaissance de mes besoins et de mes goûts.

On m'avait assez répété que j'étais laid : il me fallait le devenir, et j'avais, à quinze ans, assez de jugeote pour deviner que tout se jouerait dans le domaine amoureux, à tout le moins sexuel, puisque, je le savais déjà, j'étais de ceux à qui l'amour est refusé, et qui, par conséquent, doivent séparer ce sentiment du désir qui en est la dimension incendiaire, et consolatrice.

IX

Combler un jour par le sexe ce qui serait refusé à mon cœur, voilà ce que j'ai décrété dans les semaines qui ont suivi le baiser de Marie-Laure. Ce n'était pas trop mal voir, même si c'était de façon sommaire, me dirais-je dans le train qui me ramenait du haut Limousin, via Clermont-Ferrand, bien des années plus tard, à la fin d'un été caniculaire où j'étais retourné à Meymac pour régler une affaire familiale, et où il m'avait été donné de revoir non pas Marie-Laure Espinasse, mais une de ses filles, aussi belle que l'était sa mère au même âge, avec la même façon de scruter les ténèbres, le même rire bref, les mêmes silences qui me donnaient le sentiment que le temps ne passe pas et que la procréation est à la fois vaine et merveilleuse puisqu'elle me permettait de retrouver la mère dans les traits de la fille, sans pour autant rien m'apporter de vivant ni espérer posséder la mère dans la fille, faute d'obtenir ce qui restait de beauté chez la mère, l'amour et le désir n'obéissant pas à ce genre de calculs, encore moins à ce que le temps semble calculer pour nous.

Il y avait longtemps que nous habitions Paris, ma sœur et moi, non loin l'un de l'autre. Elle déteste voyager, mais elle adore les gares, comme tous ceux qui ont sacrifié ce que la plupart des gens trouvent important et qui n'est, selon elle, que buée de belette à la surface d'un étang gelé. Elle m'attendait au pied du double escalier menant au Train Bleu, un de ces restaurants où l'on se promet toujours d'entrer, lorsqu'on en voit l'enseigne, à cause du décor plus que de la chère, mais où on ne met jamais les pieds, tant notre présence dans une gare est associée à des moments d'inquiétude, de précipitation, de joie, de déchirement, ou de lassitude, mais où, ce soir-là, levant les yeux vers l'entrée de cette belle salle Art déco, je regrettais de ne pas monter, comme si c'était là le seuil d'une autre vie ; une vie où je n'aurais plus à répondre de ma figure, ni à subir des regards tantôt horrifiés, tantôt fuyants, lâches, haineux, ni à me composer un maintien fait de nonchalance et de bonhomie.

« Oui, une autre vie », ai-je dit à ma sœur qui n'aurait de toute façon pas accepté de dîner au

Train Bleu, à cause d'une santé qui l'oblige à se surveiller sans cesse, ce qui lui donne un prétexte pour veiller sur la mienne, trouvant que je fume trop, consomme trop d'alcool, ne mange pas assez ; car si, pour elle-même, elle est d'une intransigeance touchant à l'ascèse (considérant que le corps n'a pas à se dégrader à cause de ce qu'on ingère, et que nous avons un devoir moral envers lui comme envers autrui, adepte en outre de ce qu'on appelle le régime crétois dont elle avait découvert les vertus lors d'un des rares voyages qu'elle ait faits, en Crète, précisément, où elle voulait visiter le palais de Minos, s'étant intéressée de près au « linéaire B », langue archaïque qui lui valait toujours un succès lorsqu'elle en racontait le déchiffrement), si donc elle observe son régime avec la rigueur de ceux qui, dépourvus de beauté, se soucient au moins d'être en bonne santé, elle garde quelque chose d'une Corrézienne d'autrefois, pour qui un homme doit beaucoup manger, et des mets tenant au corps, entourés de hors-d'œuvre, de fromages et de desserts sans lesquels un repas n'en serait pas tout à fait un, ni moi un homme des hautes terres, du moins à ses yeux de femme, elle pour qui les seules racines qui comptent sont celles des verbes grecs, a-t-elle coutume de répondre à ceux qui s'étonnent qu'une femme de sa qualité ne se soit pas débarrassée de son accent limousin, et qui lui demandent si elle ne souffre pas d'être exilée dans une ville aussi cosmopolite, aussi dure que Paris.

« D'où voulez-vous que je sois exilée, sinon du ventre maternel, ou des livres dans lesquels je passe plus de temps que dans la vie sociale ? Quant à la dureté, mon enfance a fait de moi un être plus impénétrable qu'un nœud de chêne », avait-elle un jour dit, dans un café de la place Saint-André-des-Arts où elle aimait se délasser un peu avant de regagner son appartement, le visage brûlant, colère et lassitude, à un type qui semblait la trouver à son goût et avait fini par l'aborder, malgré l'air hautain avec lequel elle regarde le monde.

Désireux de ne pas la contrarier sur le chapitre de la nourriture, je me suis habitué à ne manger, mais en grande quantité, que des grillades, des légumes bouillis, du fromage, des fruits, renonçant aux plats en sauce, à la crème, aux épices, à tout ce qui pèse, altère l'haleine et menace de m'empâter, soucieux de ne pas ajouter la disgrâce du poids à celle de ma figure, mon corps étant ce que j'ai de mieux, disais-je à ma sœur en lui représentant dans quelle contradiction elle se trouve à propos de la nourriture.

Contradiction qui, chez une personne aussi fine et rigoureuse, sinon dure, m'émeut singulièrement. J'aime les failles des gens, leurs faiblesses, leurs coins d'ombre, et je ne suis pas loin d'aimer leurs vices, surtout chez les femmes qui travaillent à terrasser leurs dragons intérieurs. Chez les hommes, rien de plus facile à déceler ; je me suis vite détaché d'eux, après avoir espéré quelques amitiés masculines, sans me rendre compte que ma laideur me plaçait dans une position si inférieure, je me suis éloigné de ces gens qui trouvaient en moi, mieux que ne l'aurait fait une femme imbue de sa beauté, de quoi affirmer une supériorité que leur donnait, croyaient-ils, le simple fait de n'être pas laids, relançant la vieille rivalité des mâles pour la suprématie physique et la possession des femmes, toutes choses à quoi j'étais indifférent puisque hors d'état de lutter avec eux sur ce plan-là et y répugnant de toute façon. J'allais même jusqu'à admirer publiquement la beauté de tel ami, qui s'en offusquait, s'imaginant que je reportais sentimentalement sur lui une soif d'amour que ma laideur m'interdisait d'étancher auprès des femmes et n'hésitant pas à me voir en inverti. Ce qui les irritait, ces amis, ou ceux que je prenais pour tels et dont je me suis écarté, c'était qu'un être aussi vilain, aussi repoussant que moi soit parvenu au poste de rédacteur en chef d'un journal politique, armé d'une simple licence de lettres, et avec la chance d'être né sur les mêmes terres que le politicien que je servais, comme si ma laideur me donnait pour réussir une force qu'ils n'avaient pas.

Je ne me soucie que de la vérité. Ma vérité, c'est ma laideur. À moi d'en faire de l'or. Après tout, Schubert n'était pas beau, avais-je dit à une jeune femme assise en face de moi, dans le train qui me ramenait de Meymac, l'été dernier. Montée à Limoges, elle lisait le journal que je dirige. Elle avait le type italien, de longs cheveux bruns et bouclés, des seins magnifiques, une bouche charnue, très rouge, la taille fine, des jambes à mon goût trop minces qui ont été sur le point de rompre non pas le charme mais l'espèce de domination établie d'emblée par sa beauté et par la plaie désirante qu'elle ouvrait en moi. Jamais je n'ai pour obtenir les faveurs des femmes songé à me servir de ma position, d'ailleurs modeste et sans doute dérisoire aux yeux de cette femme qui avait tout d'une intellectuelle parisienne, à en juger par les journaux de gauche et le livre de Derrida qu'elle avait posés près d'elle, et qui m'aurait mis en pièces si je m'étais aventuré au-delà de mon sourire : ne pouvant être aimé pour moi-même, je refuse de l'être pour ce que je représente, et m'en tiens à cette forme d'amour sans désir ni sentiment qu'est une bonne réputation. Cette femme avait je ne sais quoi de souverain et d'élégant dans sa façon de se tenir face à un type tel que moi : je brûlais de désir et ne pouvais que m'enfoncer dans ma laideur, en cultiver les présupposés, ou ce que ma sœur appelle les dommages collatéraux, renouvelant les métaphores guerrières de la stratégie amoureuse, à ceci près que je n'avais pas de stratégie, défait, toujours vaincu, et comme d'habitude réduit à trouver une forme de consolation en imaginant qu'elle vieillirait, cette lectrice, que cette déchéance me vengerait de la froideur que je devinais derrière le sourire dont elle ne se départait pas dès qu'elle posait les yeux sur moi, me révélant une absence de pitié qui est une façon qu'ont les jolies femmes de se protéger, elles qui pourtant devraient avoir pitié de moi, oui, surtout elles, me disais-je dans les moments où je souffrais le plus et où même la vue de ces femmes vieillies, changées, rendues à la grande banalité du temps, ne me consolait pas, n'étant pas, en matière amoureuse, d'un naturel rancunier ni vengeur, le visage vieilli de Marie-Laure Espinasse, entraperçu à Meymac, la veille, n'étant pas plus celui de la jeune fille qui m'avait tant ému, trente-cinq ans plus tôt, que je n'étais celui qu'elle avait embrassé, place de la République, un soir de neige. Seule la neige n'avait pas changé.

Le train était bondé : je ne pouvais aller me placer ailleurs comme il m'arrive de le faire lorsqu'une trop jolie femme voyage près de moi et qu'il me faut échapper à tout prix au supplice qu'est sa présence, étant donné que ce ne sont pas seulement les yeux qui sont sollicités mais l'odorat, l'ouïe, tous les sens, et moi rougissant, peinant à respirer, presque sur le point de défaillir, malheureux, incapable de rien faire, sauf de m'en aller, ce qui donne parfois lieu à des vexations partagées. Elle m'a souri plus franchement. Il y avait ma photo en tête de l'éditorial — une photo assez petite pour atténuer ma laideur, la rendre un peu plus supportable ; sans doute m'avait-elle reconnu et je lui savais gré de faire comme s'il n'en était rien ou, plus exactement, comme si elle souriait à un inconnu qui lui aurait laissé la place dans le sens de la marche, et que je n'existais que dans cette reconnaissance muette, c'est-à-dire presque pas, ou par mes yeux, auxquels elle s'attachait avec ténacité et qui sont bien la seule partie de mon visage qu'on puisse regarder sans frémir. Me serais-je présenté, j'aurais sans doute détruit l'image bienveillante qu'elle pouvait s'être forgée de moi à travers mes articles. C'est pourquoi, lui rendant son sourire, je suis revenu au livre sur Schubert que j'avais commencé à la gare de Meymac, ayant décidé, pour y trouver quelque secret de vie ou un remède à la tristesse qui m'envahit, de lire la biographie de tous les artistes et écrivains dont la laideur est insigne, et au rang desquels figure le doux compositeur autrichien.

« Comme c'est étrange », a murmuré la jeune femme qui avait fini par me demander si j'aimais Schubert, visiblement déçue de m'entendre dire que je ne l'aimais pas, ce compositeur à qui, je le reconnais, on ne peut que vouer une affection entière, soutenait ma sœur, comme on le fait pour un grand frère qu'on n'a pas connu mais qui, grâce à sa musique, partage notre existence : ainsi Schumann et Chopin. Sans doute pensait-elle que c'était moi qui étais étrange, pour ne rien dire d'autre. Mais je n'aime pas non plus Schumann, ni Chopin ; je n'aime pas la musique, ou, plus exactement, je me méfie d'elle, qui me donne trop à rêver, particulièrement aux femmes ; il suffisait de voir ce qu'elle avait fait du petit Feuillie que son père enfermait dans un cabanon, derrière l'ancien presbytère de Siom, pour y travailler son alto, ou cet autre Siomois qui avait, disait-on, été compositeur à Paris, mais dont on n'avait jamais entendu la musique, et qui en était revenu à moitié fou pour finir comme un vieux chat immobile, seul dans sa ferme de La Vialle, de l'autre côté du lac.

« J'ai donc laissé mourir la conversation », ai-je dit à ma sœur, ce soir-là, dans le métro qui nous menait au Quartier latin, elle vers son appartement de la rue Danton, non loin du lycée Fénelon où elle enseigne, et moi, un peu plus haut, à l'angle de la rue Corneille et de la rue de Vaugirard, un deux-pièces au dernier étage d'un immeuble dont je loue également les chambres de bonnes, au-dessus, afin de n'avoir personne, nul étudiant, surtout, marchant sur ma tête à toute heure du jour et de la nuit, et m'empêchant de rêver devant la fenêtre du salon dont j'ai fait mon bureau, puisque je n'y reçois jamais personne, jouissant sur le Luxembourg, jardin et palais, d'une vue sans laquelle je ne pourrais pas vivre à Paris, ce qui est évidemment au-dessus de mes moyens, mais qui, dit ma sœur, m'apprend la valeur de l'argent.

Voilà pourquoi, hormis mes années à Bort-les-Orgues, à Siom, à Ussel, puis à Clermont-

Ferrand, où j'ai fait des études de lettres modernes et où, elle, ma sœur, avait obtenu d'être mutée, nous ne vivons plus ensemble, mais tout près l'un de l'autre ; non que nous n'ayons envie d'une existence commune : ce serait même, vu ce que nous sommes, l'un et l'autre, la façon la moins désagréable d'attendre la mort ; ce serait aussi nous lancer au visage la seule vérité qui vaille : notre vérité sexuelle, ce que même une amante n'est pas disposée à entendre, nous connaîtrait-elle le mieux possible, mieux encore que ne me connaît ma sœur, nul ne pouvant contempler sans s'aveugler la nature solaire et ténébreuse de cet inapaisable besoin de consolation qu'on appelle désir.

« Et puis, ce serait céder à la facilité, moi me condamnant à n'avoir pas de vie privée, et toi à ne pas espérer trouver une fille qui te comprenne », me disait-elle chaque fois que la solitude faisait surgir à mes lèvres des buissons d'épines qui me mettaient au bord des larmes.

Sans doute avait-elle raison, même si la vie amoureuse est cela précisément que nous avons raté, elle et moi, du moins je le suppose pour ma sœur dont la vie amoureuse a toujours été un mystère, en tout cas un domaine réservé à propos de quoi je n'ai jamais osé l'interroger, même aujourd'hui où j'ai atteint la cinquantaine et où je pourrais me considérer comme un homme mûr, donc autorisé à la questionner. Devant elle, je reste une sorte d'enfant ; je lui sacrifie l'adulte que je pourrais être, et qu'il me plaît de ne pas devenir tout à fait, tout en l'étant bien plus que je ne le crois. N'oublions pas qu'elle a dix ans de plus que moi et que je l'ai toujours considérée comme une sorte de mère, peu après que la nôtre m'eut révélé l'horreur que je lui inspirais et que ma sœur me l'eut confirmée tout en me montrant qu'il était possible de vivre avec ça, et m'accompagnant dans cette vallée de Josaphat, moins parce qu'elle serait laide, elle aussi, mais par ce goût du sacrifice qu'exige l'amour d'un être tel que moi.

Un sacrifice que ma mère n'était nullement disposée à accomplir, elle qui s'enfonçait dans l'amertume et dans une tâche assez épuisante, moralement et physiquement, pour ne pas vouloir à tout prix refaire sa vie, comme on dit avec l'air de croire qu'on fait sa vie comme son lit, et qui, ma mère, a fini par trouver un homme avec qui se remarier ; non pas un ouvrier de la fabrique de contreplaqué des Buiges, encore moins un paysan pour qui toute femme, surtout une divorcée, eût été une sorte de domestique, elle connaissait trop la musique, avait-elle dit à ma sœur, devant moi, au moment où elle lui annonçait son remariage, mais, je pense l'avoir dit, avec un receveur de la poste : un veuf à peu près de son âge et sans enfants, qui l'a rendue heureuse, je crois, en tout cas tirée de l'usine et de Siom, et fait en sorte que nos relations deviennent presque agréables.

Car le pli était pris : ma mère ne pouvait m'aimer ; j'étais à ses yeux la figure vivante et maudite de mon père — et à la fois le fils de mon père et mon propre père, vu qu'on n'imaginait pas que deux personnes qui s'aimaient aient pu engendrer un être qui contredît les lois élémentaires de l'amour. Et c'était ça, aussi, la laideur : un engendrement perpétuel par défaut, père et fils, fils et père, puisque avec mon visage il m'était impossible, voire interdit, d'engendrer. Et c'était ce qu'elles pensaient, elles aussi, ma mère qui n'avait rien d'une mère et ma sœur qui l'était sans l'être vraiment, mais qui avait entière autorité sur moi ; tandis que, déchargée de toute tâche éducative et réconciliée avec la gent masculine, ma mère pouvait désormais me regarder sans trop de dégoût, ni mauvaise conscience, le destin de l'amour maternel chez une femme qui a révélé à son enfant qu'il est laid ne pouvant être que la sorte d'affection qu'on a pour des parents éloignés ; et je ne doute pas que, dans la petite ville de Meymac, ma mère n'ait parlé de moi comme d'un neveu, fils d'un frère mort dans une guerre lointaine, en Indochine ou en Corée.

X

« Tu voudrais, je sais, ne pas rentrer tout de suite, dîner dehors, peut-être aller voir les filles », m'a dit ma sœur en sortant du métro Odéon, usant d'expressions volontiers désuètes avec l'air de s'en moquer et, plus sûrement, de se moquer de moi, comme de l'espèce d'enfant que je restais à ses yeux, l'enfant qu'elle n'aurait pas, elle non plus, et qu'elle avait trouvé en moi, d'une certaine façon, surtout à la mort de notre mère, en 1995 : un fils à qui elle avait voué, voire sacrifié sa vie, aurais-je pu penser si ç'avait été par sacrifice et non pour d'autres raisons qu'elle était restée vieille fille, une célibataire, comme on dit plus volontiers, aujourd'hui ; sans être laide ni mal faite, elle a cette singulière absence de beauté que nul amour ne viendra transfigurer, se consacrant tout entière à son métier, envers lequel elle se montrait de plus en plus critique, tout comme envers une époque qu'elle jugeait détestable pour ce qu'elle appelait son débraillé, réprouvant ses manières, sa façon de se vêtir et surtout de parler — la vraie laideur résidant, selon elle, dans le mauvais usage d'une langue, dans l'irrespect de la syntaxe, dans une prononciation relâchée, un ton précipité, haletant, vulgaire.

« Car c'est là que tout se joue ; mal parler enlaidit celui qui s'y livre bien plus que des traits disgracieux », ajoutait-elle en me laissant au bord de croire qu'un langage ferme et soutenu me donnerait une tout autre figure.

Longtemps j'ai cru que les mots me sauveraient, me fourniraient une sorte de masque, non seulement par une façon originale de m'exprimer mais aussi par l'écriture d'une œuvre littéraire. Je rêvais. J'étais plein d'espoir. J'étais naïf. Non que j'aie vraiment pensé que j'aurais écrit pour paraître moins laid que je ne suis ; mais l'écriture a toujours, à côté d'autres qui sont évidemment nobles, des raisons bien plus basses ou inavouables. Je voulais la gloire des humbles, des pauvres, des culs-terreux accédant au paradis. Mes rêves ont pris une autre pente. Je suis resté un lecteur. C'est ma façon de ne pas m'éloigner du monde et des femmes.

Ma sœur s'était, elle, donnée corps et âme à la langue, ne vivant que pour la grammaire, y trouvant une morale autant qu'une force physique qui valait toutes les religions, disait-elle encore, et, quoique n'écrivant pas, sinon quelques articles pour des revues savantes, elle n'en était pas moins le double frémissant de ce petit frère qui rêvait dans son ombre, me corrigeant, m'encourageant, guidant ma carrière de journaliste, négociant avec mon employeur, tout en me laissant libre de ma vie privée comme de mes engagements politiques — lesquels ne sont que de l'opportunisme habillé de vagues préoccupations éthiques. Elle n'a pourtant rien d'un bas-bleu, contrairement à cette collègue du lycée Fénelon qui recherchait son amitié, publiait de piètres poèmes et des récits obscurs dans de minuscules revues d'avant-garde et dont les larges lunettes, lorsqu'on était face à elle, laissaient voir, extraordinairement grossis, tous les défauts d'une peau malsaine, la rendant si répugnante, bien que son visage ne fût pas désagréable à regarder, que j'ai repoussé ses avances, contrevenant à ce dont je m'étais fait une règle, non seulement parce que sa peau n'était pas de mon goût, mais parce que je sentais qu'elle aurait, pour reprendre sa façon de s'exprimer, « baisé au-dessous de sa condition », se sacrifiant pour avoir en moi un sujet d'expérience littéraire mais refusant de se voir laide dans mon absence de beauté.

Nous sommes, ma sœur et moi, des sortes de puristes, sinon des puritains. Nous avons mis notre confiance, notre foi, dans une langue que presque plus personne ne parle et qu'on n'écrit plus de la façon dont nous la parlons entre nous.

« Une langue quasi morte où nous errons comme des ombres », disait-elle. Parler est la noblesse du souffle, et le silence une neige tombant sur toute langue. Nous sommes des souffleurs de verre dans un pays sans eau ni feu, des solitaires, des déclassés en quête de territoires nouveaux, en route pour des lieux que l'amour nous a interdits et que nous espérons malgré tout atteindre à notre façon, elle en enseignant et en se tenant loin des hommes (au point que je me demande quelle étrange, quelle inquiétante pureté la langue trouve dans ce corps de vierge), et moi en tâchant d'écrire dans un français rigoureux des articles dont je me désole qu'ils soient destinés à flatter un public non seulement conservateur mais en grande partie stupide, comme l'est ce nouveau siècle. Aussi ne nous sommes-nous jamais vraiment séparés, vivant l'un près de l'autre, exerçant des métiers qui, disait ma sœur en exagérant, dans mon cas, sont des vocations qui nous requièrent tout entiers et pour lesquelles nous nous montrons aussi opiniâtres que nos ancêtres paysans du plateau de Millevaches.

« J'ai préparé une salade de pommes de terre et débouché une bouteille d'irancy », a-t-elle dit en me voyant immobile près de la statue de Danton sur le socle de laquelle est gravée la célèbre phrase du révolutionnaire à propos de l'audace ; une phrase que je ne lis jamais sans m'avouer que toute ma vie j'aurai manqué de l'audace la plus élémentaire. Ma sœur avait deviné que je ne voulais pas rester seul, par cette étouffante soirée de juillet où il n'y avait plus personne à Paris en compagnie de qui pénétrer dans la nuit, et sachant, moi, qu'elle mourait d'envie de m'entendre raconter mon voyage en Limousin — sans doute le dernier, mon député risquant de n'être pas réélu et moi, ayant renoncé à l'écriture, ayant cessé d'aimer les paysages dans lesquels je suis né ; et puis je n'irais pas errer rue Saint-Denis ou place de la Madeleine, comme je l'avais si souvent fait à mon arrivée à Paris, au début des années 1980, lorsque le désir me brûlait plus qu'une cigarette écrasée sur la peau.

Le nouveau mari de ma mère, syndicaliste et sans doute franc-maçon, m'avait alors fait obtenir, à la mairie de Paris, un emploi consistant à dépouiller la presse quotidienne et hebdomadaire pour y découper les articles concernant ce qu'on appelait pompeusement la politique culturelle du maire qui était en même temps le chef d'un important parti politique — celui-là même auquel appartient le député dont je sers les intérêts. Il m'exhortait, le nouveau mari de ma mère (sachant qu'on ne pouvait pas faire grand-chose avec une licence de lettres, pour peu qu'on n'entre pas dans l'enseignement et qu'on veuille se consacrer à l'écriture, comme je le lui avais dit haut et fort — trop haut et trop fort pour qu'il n'ait pas vu dans cette déclaration la preuve que je n'étais bon à rien et qu'il fallait se débarrasser de moi en me plaçant quelque part), il m'exhortait à taire des opinions politiques que je n'avais d'ailleurs pas et à faire preuve de réalisme, à accepter ce « bout de plaçou », comme on disait chez nous, ce job, si on préfère, à quoi je me suis plié, par respect pour ma mère et en attendant que ma sœur ait obtenu sa mutation pour un lycée parisien. La tâche n'était d'ailleurs pas déplaisante, ni bien prenante ; j'ai toujours aimé classer des dossiers, des livres, des papiers, des mots, et il y avait dans mon goût de l'ordre quelque chose d'assez humble qui m'aurait fait, à vingt-trois ans, accepter n'importe quel emploi, même celui de balayeur de rues, la création littéraire, me disais-je alors, n'étant pas incompatible avec les métiers les plus bas, surtout les métiers manuels, qui permettent de garder l'esprit libre, comme Spinoza qui polissait des verres de lunettes.

Le mari de ma mère ne pouvait que me mépriser : j'étais laid, je voulais devenir écrivain, et je semblais me contenter d'une tâche sans intérêt ni avenir, moi qui avais, selon lui, une tête à crever de faim ; une tête qui lui avait fait redouter qu'elle ne fût un obstacle à mon embauche, devinant (car il n'était pas sot) qu'en une époque qui prétend abolir les différences entre les gens, fût-ce au prix d'un aveuglement volontaire, une aussi terrible figure que la mienne ne pouvait qu'être rédhibitoire pour un début dans la vie — à ceci près que je ne me souciais nullement de réussite, et que l'échec social me paraissait même aussi nécessaire à l'écriture que le fumier à la fertilité des sols. Toutes choses inadmissibles pour cet homme que je ne parviendrais jamais à appeler beau-père, non seulement parce que je prenais au pied de la lettre l'adjectif qui entre dans la composition du mot, et que, sans être semblable à moi, cet homme était loin d'être beau, mais parce qu'il me rappelait que je n'avais plus de père, que ce dernier était en quelque sorte mort avant de se tuer accidentellement, et qu'il était venu un soir, à Ussel, peu de temps avant de mourir (mais peut-être était-ce après sa mort, tellement il avait l'air absent, étrange, effrayé, ai-je pensé depuis, si tant est qu'on ne m'eût pas menti et ne l'eût pas fait passer pour mort afin de ne plus me donner à espérer), sonnant à la porte de l'appartement que nous habitions, ma sœur et moi, boulevard Clemenceau, au-dessus d'un petit supermarché Casino dont j'aimais le nom parce qu'il évoquait les lieux de plaisir fréquentés par Casanova dont les Mémoires, lus dans une édition abrégée, m'avaient enchanté en même temps que jeté dans le trouble et la douleur, à cause de la terre promise qu'ils semblent ouvrir devant chaque être humain, sauf moi, condamné à mourir de soif au bord de toute source.

L'inconnu qui surgit dans l'ombre du couloir, ce soir-là, cette tête épaisse et sombre, ces yeux qui ne voyaient peut-être rien à force de scruter l'appartement depuis la pénombre du palier, et ne voyant sans doute que le grand corps de ma sœur qui semblait défendre le passage autant qu'elle était sur le point de laisser entrer ce visiteur qui ne se nommait pas, ne disait rien, avait l'air de n'être pas là, et qui ne fut bientôt plus là, ayant tourné les talons pour redescendre l'escalier sans avoir rencontré mon regard, mais en ayant laissé entrevoir une douleur que je retrouverais rarement sur une face humaine, cet inconnu était mon père, venu, comme s'il devinait sa fin toute proche ou qu'il eût, après elle, le souci de revoir une dernière fois ses enfants avant de retourner dans un froid qui n'avait rien à voir avec celui du couloir et de la saison mais qui appartenait à un tout autre royaume et qui, dès lors, bien que je ne supporte plus la chaleur, m'a toujours fait redouter l'hiver.

De lui, je ne me rappelle que cette tête noiraude dont j'ai hérité l'épaisseur et des traits qui se sont dégradés en moi ; une tête qui me donne l'air de n'être pas tout à fait humain, m'avait dit une étudiante de Clermont-Ferrand à qui, pour la seule fois de ma vie, me voulant un homme comme les autres, j'avais osé déclarer mon amour (ou ce que je prenais pour tel) et qui n'était qu'une de ces mortifications exaltées par lesquelles on éprouve ce sentiment sous sa forme négative. Je revois aussi ce tricot de peau bleu ciel qui était son seul vêtement, l'été, pour conduire son camion ; vêtement qu'il avait en commun avec les commis de ferme et les paysans — ce que nous n'étions pas, répétait ma mère, qui tenait plus que tout à cette distinction et à qui le fait de travailler en usine semblait moins pire que de s'employer aux champs et de s'occuper de bêtes.

« Les hommes sont aussi des bêtes. Au moins, le bois que je travaille à l'usine me laisse tranquille », l'ai-je entendue dire à ma sœur, à Siom, un soir qu'elle me croyait endormi et qu'elle se plaignait de l'injustice, de la dureté de sa vie.

Une vie qui avait considérablement changé depuis qu'elle habitait Meymac, avec son nouveau mari, dans une maison située à l'entrée de la ville, parmi les demeures des marchands de vin qui étaient allés faire fortune à Bordeaux et où, ma sœur et moi, nous allions passer trois jours, à Noël, à Pâques, et une semaine, l'été, par respect pour sa nouvelle position sociale plus que pour lui faire plaisir, nos relations étant toujours empreintes d'une indifférence qui nous tenait lieu d'amour et qui faisait que nous ne nous gênions guère : ma sœur et moi ne descendant de nos chambres que pour les repas ou pour aller prendre l'air sur les pentes du mont Bessou, ou en ville, pour acheter des cigarettes, du whisky dont nous sommes, elle et moi, de fervents amateurs, un livre de poche, des journaux, ma sœur en vacancière heureuse et moi en écrivain fantôme puisque je continuais à rêver et à faire croire que je travaillerais un jour à une œuvre, de sorte que ma condition rejoignait celle, non moins étrange, de fils sans père ni vraie mère, n'étant donc rien et vivant à partir de cette nullité qu'aucune gloire littéraire ne viendrait transfigurer.

XI

Je revenais chez ma vieille mère, comme on disait là-bas de toute femme ayant des enfants majeurs, non pour lui faire plaisir (et on imagine bien qu'une femme qui vient de se remarier trouve mauvais de se voir rappeler publiquement qu'elle est la mère d'un garçon tel que moi, vu que tout fils en grandissant vieillit sa mère, et que ce vieillissement s'accroît si l'enfant est porteur, comme une faute, d'une disgrâce insigne), mais pour retrouver le goût, fût-il amer, de ce pays que j'avais décidé de quitter pour la ville dès que j'eus compris que ma laideur y serait toujours un signe de maudissure. Je rêvais d'une autre vie ; je me voyais écrivain, capable d'évoquer, sans effets littéraires appuyés, ce que j'avais sous les yeux, un compotier, mon visage, des destinées tragiques, le paysage que j'apercevais par la fenêtre de ma chambre, la ville de Meymac en contrebas, les fumées, les toits d'ardoise, les murs de granit, la masse de l'abbaye, l'horizon bleuté, les monts et les forêts ; un beau paysage limousin, me disais-je, et que je serais bien en peine de décrire, la description étant aujourd'hui, bien plus que l'analyse psychologique ou les dialogues, la chose la plus difficile qui soit, à cause de la photographie et du tourisme, disait ma sœur ; et, dans le cas du paysage meymacois, il me semblait impossible de rendre par écrit cette immense ouverture sur l'horizon, avec ce viaduc des Farges qu'on devine dans le fond, par temps clair, sur la rivière Triouzoune, et que je ne peux regarder sans penser au destin de l'ingénieur qui l'a bâti et à ce qui l'a conduit à se jeter du haut de son propre ouvrage.

On conçoit que le suicide m'ait très tôt intéressé, et que les exercices d'écriture auxquels je me contraignais encore, de temps en temps, aient été, comme mon exil à Paris, une façon de ne pas m'apitoyer sur mon sort. Ce saut dans le vide me fascinait et je me promettais de faire un jour de cet ingénieur, dans un récit, la figure tutélaire de l'écrivain contemporain, non pas tel qu'il était mais tel que je pensais qu'il allait devenir : un personnage sans importance, récupéré par l'ordre social, et mis en pièces par ces ultimes prédatrices que sont les femmes, lectrices, mères, amantes, veuves ou filles.

Or je ne suis pas écrivain, redisons-le, mais un rêveur qui trouve dans les écrits des autres de quoi songer aux livres qu'il n'écrira pas. Je ne fais que donner ici la teneur d'innombrables conversations que j'ai avec ma sœur, le soir, car nous ne nous voyons que le soir, le reste de la journée étant voué au travail, même quand elle est en vacances et qu'elle consacre son temps aux lectures qu'elle ne peut faire pendant l'année scolaire, trop occupée par la préparation des cours et la correction des copies, réservant ses rares loisirs au cinéma, pour lequel elle nourrit une passion qui est sans doute la seule trace d'enfance chez cette femme ironique et austère, mais capable de pleurer sans retenue dans les salles obscures, comme autrefois, aux Buiges ou à Ussel, lorsqu'on projetait *Muriel*, *Le boucher*, *Amarcord* ou *Tristana*.

Ma sœur n'est pas une rêveuse, elle, et bien que je la voie tous les jours, je ne sais rien de sa vie personnelle, si tant est qu'on ait une vie qu'on puisse dire à soi. J'ignore comment elle fait pour apaiser ce qui doit bien lui brûler le ventre, à elle aussi qui ne peut comme moi aller voir les filles, souligne-t-elle, sachant qu'un homme ne peut échapper à son désir, pas même avec ma figure, ma sœur m'ayant en quelque sorte absous en me rapportant les propos d'un homme terriblement laid, doté d'une trogne bien plus que d'un visage, bien plus laid que moi, voulait-elle dire : l'acteur Michel Simon, qui clamait sa reconnaissance aux prostituées qu'il avait abondamment fréquentées, nulle autre femme ne pouvant le laisser approcher avec la gueule qu'il avait, ce qui, précisait ma sœur, ne l'avait pas empêché d'avoir un fils, qui avait été acteur, lui aussi, avec un visage fin et tourmenté, sinon beau, en tout cas dépourvu de l'impressionnante laideur de son père.

« Ne te méprends pas », m'a-t-elle lancé, ce soir-là, devant la bouteille d'irancy. « Le père était un monstre sacré, jamais l'expression n'a été mieux adaptée, et c'est ce qui l'a sauvé, l'a fait accéder à ce singulier statut dont certaines femmes sont assez folles pour se croire en face des mystères d'Éleusis ou de la pierre noire d'Émèse, bref, un culte obscène où elles prétendent s'unir à une divinité, voire se sacrifier à elle. Oui, c'est ça que je n'aime pas chez les personnes de mon sexe, cette folie qui, par l'amour physique, les met en relation avec le chaos, l'archaïque, les mythes les plus sombres. »

En trente années de vie quasi commune, c'était la première fois qu'elle abordait à ces rivages, elle qui d'ordinaire se contentait de m'écouter parler du désir et du sexe en pensant probablement à autre chose ; et j'imaginais à grand-peine ce qu'elle pouvait avoir connu de l'amour, ne l'ayant jamais vue dans l'intimité d'aucun homme, mais ne pouvant me résigner à penser qu'elle n'a pas aimé ni été désirée, que nulle main ne s'est posée sur ses seins, petits et ronds, ses cuisses, son ventre, le bas de son dos, tout ce qu'elle avait de beau, comme j'avais pu le voir lorsqu'elle se baignait, dans un endroit reculé du lac de Siom, près de La Vialle ou du Montheix. Un corps que je n'osais regarder vraiment que de dos, dans son maillot une pièce noir parfaitement tendu sur sa peau blanche, ferme, sans défaut, au point que si je n'avais pas eu à l'esprit que c'était là ma sœur, je me serais laissé aller à extravaguer ; et peut-être la désirais-je, d'une certaine façon, puisque, depuis longtemps contraint, plus que par goût, à cette hérésie, j'avais séparé l'amour du désir et que mon propre désir avait, bien plus qu'un pouvoir effectif, la puissance et la liberté des songes.

Ma sœur ne pouvait pas ne pas le savoir, elle que j'ai toujours vue soutenir avec hauteur le regard des hommes, dans la rue, dans le train, dans les rares soirées parisiennes où elle m'accompagnait : un regard qui se portait d'abord à son visage pour s'en détourner avant d'y revenir, puis détailler le reste de sa personne, s'étonnant invariablement que ce visage qui, au contraire du mien, était seulement ingrat, jurât avec un corps qu'on aurait pu dire prometteur s'il y avait eu dans ses yeux ou dans son attitude quelque chose qui promît le don de soi, ces félicités auxquelles me faisaient rêver les romans du XVIIIe siècle ; un pluriel, félicités, qui a si bien façonné ma façon de désirer qu'en écrivant ces lignes je m'aperçois que mon langage est imprégné de la manière d'écrire propre au XVIIIe siècle. Manière de me protéger, aussi bien, en me glissant dans un langage intemporel qui montre assez que je n'ai pas de style, que je ne suis pas un écrivain, n'étant pas en outre de ceux qui se déboutonnent volontiers, même si je hais la pudibonderie autant que les petites audaces prônées par les thuriféraires de la liberté sexuelle. Sur ce plan-là, en écrivant, je ne suis que la somme de mes lectures, une ombre d'écrivain, de même que, dans la partie amoureuse de ma vie, les femmes ne sont que l'ombre de ma mère, ombres elles-mêmes que seule leur laideur rend humaines.

« Quel crétin ! Qu'ils sont prévisibles, tous tant qu'ils sont, prompts à s'illusionner, à croire qu'ils en sont aux dernières faveurs ! », disait-elle d'un homme qui l'avait abordée, il y a une dizaine d'années, pendant une soirée donnée à l'hôtel de ville de Paris, pour la réélection de l'homme politique qui m'employait.

Elle ne m'excluait pas de ce jugement, moi qui tout ce temps n'avais, elle l'avait remarqué, cessé de dévorer des yeux les deux ou trois jolies femmes qui ne manquent pas de se trouver dans ce genre de réception et qui, à présent plus intriguées que repoussées par ma figure, pensaient que ma sœur était une sorte d'amante à la fois tragique et indulgente, presque perverse, et donc que nous formions un couple singulier, qu'elle trouvait dans la proximité de ma laideur un vrai plaisir, lequel est plus rare que l'or, ma sœur possédant encore, à près de cinquante ans, ce dont elles, ces jolies femmes, étaient dépourvues et qu'elles enviaient : ce *chien* qui attire les hommes plus puissamment que la pure et souvent fade ou froide beauté, et qui faisait que ma sœur était en fin de compte recherchée.

« Tu exagères », murmurait-elle en riant, tâchant de me persuader que c'était son esprit qui la rendait point trop désagréable, beaucoup d'hommes, surtout ceux qui ont du succès auprès des femmes, recherchant la compagnie de femmes différentes, voire bien moins jolies que celles dont ils obtiennent les faveurs, se donnant du moins le genre de frisson qu'on éprouve à trop se pencher sur le vide, pour savoir, comme le dit une expression un peu absurde, jusqu'où on peut aller trop loin, l'excès étant, avec l'oubli de soi et le sentiment de mourir, une des manifestations privilégiées du désir.

« Et tu es bien pareil à eux », ajoutait-elle avec l'air de me mettre en garde, pour me dissuader de me pencher sur moi-même tout en me rappelant, une fois de plus, avec une expression de mère lasse, qu'elle ne saurait combler ce que le langage courant nomme le vide de l'existence, et que je devais continuer à espérer faire une rencontre.

« Tu parles comme ces magazines féminins que tu exècres », lui ai-je dit, une fois assis à la table dressée près de la porte-fenêtre du salon, chez elle, rue Danton, dans son appartement qui donnait sur la rue Hautefeuille et par le balcon duquel on apercevait, entre deux immeubles, le fût illuminé de la tour Eiffel dont le phare cesse de tourner à une heure du matin, marquant pour ma sœur le signal du coucher. Un salon qui contenait plus de livres que je n'en avais jamais vu chez un particulier. C'était sa seule fierté, et elle faisait souvent remarquer que, plus encore que naguère où une bibliothèque était un signe de distinction sociale, les gens se répartissent en deux catégories : ceux qui ont une bibliothèque et ceux qui n'en possèdent pas, les premiers de plus en plus rares, et voués à une sorte de retrait, voire de pudeur, ou de honte, comme ces gens riches qui ne veulent pas étaler ce qu'ils possèdent ou ces aristocrates qui se croient tenus d'employer un langage de charretier, et, ces amateurs de livres, condamnés à ne jamais se connaître, vivant dans une solitude qui est à la fois un luxe et une fatalité, et qui contredit l'adage selon lequel les grands esprits — et tout vrai lecteur n'en est-il pas un ? — sont voués à se rencontrer.

Elle jouait sur les mots, se moquait de moi, se montrait d'un optimisme exagéré, les voies de l'esprit n'étant pas celles du corps, ni les chemins de l'amour ceux de la raison — ce qu'elle reconnaissait sans pour autant renoncer à sa manière de voir, laquelle partait, au contraire, d'un désespoir absolu, elle qui, à près de cinquante ans, se pensait à l'abri de toute rencontre, passion, prurit érotique, n'y croyant pas plus qu'elle ne les désirait, ayant réglé ça une fois pour toutes, imaginais-je, nombre de femmes n'étant pas la proie de désirs aussi impérieux que les miens, et plaçant bien au-dessus de toute effusion sentimentale ou de l'exultation charnelle une page de Tacite, un roman de Chrétien de Troyes, une phrase de Saint-Simon, de Chateaubriand, ou de Proust.

« Et toute la langue, ajoutait-elle, oui, la langue en ses plus belles incarnations, la française, surtout, puisque c'est celle que je connais le mieux. »

Et, dans l'ombre presque fraîche du petit salon où j'étais sans doute le seul homme à pénétrer, à l'exception peut-être d'anciens élèves, devant des tranches de melon provençal et de jambon d'Aoste disposées dans un plat en faïence de Delft, ma sœur tenant à ce que tout ait une origine, la plus ancienne possible, et que chaque chose soit désignée par son nom. Je levais dans les derniers rayons de jour le verre de bourgogne dans lequel j'ai trempé les lèvres en fermant les yeux, incapable de répondre à ma sœur qui me demandait qui j'avais vu à Meymac. Avais-je envie de lui parler de Marie-Laure Espinasse et de sa fille ? Je ne répondais pas. J'ai avalé une nouvelle gorgée de vin, non seulement parce que je ne pensais pas que cet épisode, non plus que celui de la voyageuse qui aimait

Schubert, relevait de ce qu'on appelle une rencontre, mais parce que l'odeur du melon mêlée à celle du jambon cru et du vin me rappelait Siom ; à quoi s'ajoutait celle d'un plateau de fromages posé sur le buffet et réunissant la triade des fromages consommés en Limousin : cantal, saint-nectaire, fourme d'Ambert, à côté d'une salade de roquette, d'une floniarde aux cerises et d'un pot d'infusion de sauge, dont ma sœur boit en toute saison mais que, l'été, elle n'aime que glacée, toutes choses me rappelant l'été en haute Corrèze, à Bort, Siom, Ussel ou Meymac ; et ces détails suffisent à recomposer le seul monde dont la disparition ait un sens pour nous : notre enfance, même si, de la mienne, je garde le souvenir de ne m'être blotti nulle part, contre aucune femme, ni dans les bras de ma mère ou de ma sœur, ni, plus tard, dans ceux de mes amantes, ces dernières préférant se blottir contre moi, comme si elles tentaient d'apaiser la peur et le dégoût que, même après les avoir étreintes, et, pourquoi ne pas le dire, satisfaites, je continue à leur inspirer.

J'ai rouvert les yeux. Ma sœur me regardait en plissant les paupières, s'efforçant de deviner de quoi j'étais la proie, en attendant de reprendre la parole, moins parce qu'elle était tourmentée d'un fol besoin de parler, que parce que nous sommes des êtres dont le corps exige, plus que d'autres, des satisfactions intermédiaires ou annexes, mais devenues pour nous essentielles : la conversation, les rites, une certaine nourriture, le bon vin, la belle langue, le refus de la vulgarité, surtout, puisque la laideur suppose, comme marque du destin, qu'on soit vulgaire, méchant, inquiétant, et les êtres laids voués à vivre plus dignement et plus cachés que les autres.

XII

J'ouvre ici un chemin de verre brisé. Je crains que tant de paradoxes empêchent qu'on me comprenne bien. La laideur m'avait rendu exigeant. La haïssant chez moi, je la supportais d'autant moins chez les autres, où elle m'indignait plus que tout, particulièrement chez les femmes. J'étais soucieux de ne pas m'enlaidir davantage, et non de la société de gens beaux, ni de déployer je ne sais quels artifices qui m'auraient rendu différent, ou invisible, comme me le suggérait une de mes amantes, une des rares qui envisageait l'éternité en ma compagnie, toutes les autres sachant qu'elles étaient de passage, et qui croyait, celle-là, pouvoir me changer, non pas, bien sûr, grâce à la chirurgie esthétique (n'ayant, moi, jamais songé à ce genre d'artifice, pour avoir très tôt compris que la chirurgie, en dérangeant l'ordre de mes traits, ne pourrait qu'ouvrir un chaos là où il n'y a qu'une mauvaise terre), mais en me dégrossissant, disait-elle, me conduisant chez le coiffeur, m'accompagnant dans des magasins où je n'aurais pas mis les pieds seul ; et sans doute étais-je, grâce à elle, un peu moins moche, même si je refusais ce qu'elle désirait et qui était que je me trouve beau en m'acceptant tel que je suis.

Il est temps que je me décrive, qu'on sache enfin à quoi je ressemble. Il est six heures du matin. Je suis chez moi, rue Corneille, devant la glace. J'admire les autoportraits chez les peintres (c'est même la seule chose que leur envie l'écrivain que j'aurais pu être), Rembrandt, Chardin, Gauguin, Bacon, la scrutation de soi comme exorcisme et connaissance profonde, loin de tout narcissisme, de toute fatuité. Rares les écrivains à s'être dépeints eux-mêmes physiquement sans détour, à part Montaigne, Rousseau, Amiel ou Leiris, et ces exemples m'écrasent. Le soleil ne frappe pas encore le zinc du toit. Tout est tranquille, en attente de la chaleur qui altérera les visages et les corps, les gardera reclus dans la pénombre des chambres. Lumière pure et intransigeante. Pauvre gars courbé sur sa page. Petit être à l'étroit dans un corps sans postérité. Il y a dans ces moments matinaux, l'été, quelque chose de propitiatoire. Chaque fois que l'aube paraît, je suis un enfant qui bascule en lui-même. J'ai envie de crier de joie, avant d'être repris par ce que je suis. Sur ma table de travail, j'ai placé le petit miroir dont je me sers pour me raser, au milieu d'un salon où il ne vient jamais personne, sinon ma sœur, une fois par semaine, pour s'assurer que je ne vis pas comme un sanglier, soutenant qu'un appartement mal tenu est le signe d'une dégénérescence morale, au même titre que la négligence vestimentaire, la malpropreté du corps, et, bien sûr, un langage trop familier.

J'ai la figure large et légèrement de travers. On dirait, chuchotaient autrefois les écolières de Siom, du bois mal dégrossi, un sabot mal taillé. Les écolières ne sont plus là, Siom est un village mort, mais j'ai toujours ma gueule, étroite, maigre même, à l'âge de vingt ans, et, trois décennies plus tard, redevenue le rondin dans lequel on a taillé le sabot : l'ensemble est à faire peur, ce qui peut s'expliquer par l'amplification de certains détails — lèvres épaisses, petits yeux, nez et oreilles un peu trop gros, sourcils excessivement fournis. Quelque chose d'inquiétant. Détestant le sport, j'ai laissé s'alourdir, dans des proportions raisonnables il est vrai, le reste de mon corps. J'inquiète plus que je ne dégoûte, j'effraie au lieu d'enflammer. Je dirai que j'ai l'air de n'être pas tout à fait achevé, mais d'avoir été abandonné au moment où a pris fin mon enfance pour être recomposé tant bien que mal, à la va-vite : un brouillon dont il a fallu que je fasse quelque chose, décision sans doute arrêtée non pas le jour où ma mère m'a révélé la vérité sur moi, mais celui où, en classe de quatrième, au collège des Buiges, le professeur d'histoire a lancé, rapportant le mot de Danton au moment d'être guillotiné :

« Bourreau, tu montreras ma tête au peuple, elle en vaut la peine ! »

Il s'était tourné vers moi, involontairement, je veux le croire, déclenchant les rires et me forçant à rire, à mon tour, car je ne comprenais pas, ne voulais pas comprendre, m'imaginant aussi laid que ce Danton dont le portrait, en effet, avait de quoi faire frémir et dont la laideur lui avait valu la guillotine, n'hésitais-je pas à penser, parce que je me sentais coupable d'être ce que je suis et que quelqu'un de laid a toujours tendance à chercher plus laid que soi — recherche du pire qui est la seule façon de continuer à vivre, en dépit de tout, dans cette fraternité de la laideur qu'il partage avec Danton et tous les disgraciés de la terre.

Je ne ressemble pourtant à personne. Je suis bien moi, et nul autre, pas même cet autre que Rimbaud dit que nous sommes à nous-mêmes. Un autre dont ma sœur m'avait expliqué qu'il est, faute d'amour, notre seul espoir de sortir de nous. J'aurais aimé qu'on puisse dire de moi ce que j'entends parfois au sujet de ma sœur : que chez elle rien n'est beau sans être vraiment laid, et que l'ensemble est porté vers la lumière par la parole et un élégant maintien. J'ai l'air, je le sais, de faire à propos de ma sœur le coup de la beauté intérieure, argument que je hais par-dessus tout pour avoir été tant de fois l'objet de ce piètre, de cet illusoire lot de consolation. On ne saurait même pas dire de moi que rien n'est franchement laid sans pour autant être beau, mais que tout y est laid, excepté mon corps, qui s'est pourtant un peu dégradé avec l'âge mais reste assez mince et puissant, vu que, à défaut de grâce, j'ai cultivé cela seul qui pouvait être considéré comme un atout : la force physique, héritée de mon père, sinon pour séduire, du moins pour en imposer à ceux qui se moqueraient de moi, opposant à la menace d'autrui des épaules et un torse assez développés, tout en étant désireux de ne pas en venir aux mains, les laids ayant toujours tort, y compris de fréquenter les piscines publiques que j'ai fini par délaisser à cause des plaintes, m'avait-on laissé entendre, émises par des clients qui ne trouvaient pas normal de se baigner dans la même eau que moi.

Longtemps je me suis effrayé moi-même devant le miroir. À cela il y avait une cause plus insidieuse que le simple spectacle de ma figure (car, après tout, est-on jamais certain que c'est soi-même qu'on voit dans la glace, et non le reflet de ce que les autres nous disent que nous sommes, même s'il y a quelque vérité dans la haine qu'on se voue à soi-même ?) et qui était de croire ce qu'avait insinué un garnement de Siom, lorsque mon père était venu avec son camion déposer chez nous les affaires et le mobilier du temps où nous vivions tous ensemble : c'était à cause de ma vilaine figure que mes parents divorçaient, l'enfant me faisant entendre pour la première fois ce mot de « divorce » resté pour moi d'une insoutenable laideur ; un mot dur comme un outil dangereux, avec ses trois syllabes dans lesquelles j'entends, profané, le mot « divin », qu'annonce la première, et réduit à un ensemble sonore déplaisant, en tout cas trop proche d'« avorter » pour que je ne lui aie pas voué une haine irréversible.

Cette horreur que je m'inspirais à moi-même n'était pas tout à fait de la haine, mais, proche d'une dangereuse pitié, elle me condamnait à une solitude sexuelle et affective dont ne me tireraient ni le plaisir solitaire (à quoi je me suis livré assez tard, dès que Brigitte Nègre eut, sans le savoir, fait jaillir ce liquide qui jusque-là ne s'était écoulé qu'à la faveur de rares rêves), ni les prostituées que j'ai fréquentées à Clermont-Ferrand, où j'étais allé vivre en compagnie de ma sœur, pour faire des études de lettres modernes : non plus chez elle, ainsi qu'elle me le proposait, mais, pour faire comme les autres, dans une résidence universitaire, où la promiscuité cependant me gênait, gênant davantage ceux qui utilisaient les parties communes de l'établissement, toilettes et douches, et redoutaient de passer après moi, comme si mes excréments puaient plus fort que les leurs, et que ma peau ne sentît pas semblablement ; de sorte que, pour avoir la paix, j'y allais très tard, le soir, lorsque les toilettes n'étaient plus très propres et qu'il n'y avait presque plus d'eau chaude, parfois obligé de me laver à l'eau froide, humilié par des choses qui me rappelaient ma vie à Siom et me contraignaient, quand je manquais de courage, l'hiver, à me parfumer plus que de raison, passant ainsi pour un être encore plus bizarre, voire un inverti, aurait dit ma sœur, qui ajoutait à ce propos qu'on trouve (c'est le puits sans fond de la souffrance) toujours plus timide, plus blessé, plus terrifié, plus seul que soi ; de sorte que je n'étais jamais vraiment le dernier à utiliser ces toilettes : il y avait les malades, ou des filles diarrhéiques ou constipées qui ne pouvaient se soulager que dans la nuit et qui se rendaient dans ces lieux en marchant à la façon de spectres nobles et indignés d'être encore soumis aux lois de l'excrétion, mais poussaient de hauts cris en me découvrant là, si bien que j'ai dû me laver de plus en plus tard, bientôt au milieu de la nuit, puis quasiment avant l'aube, prenant sur mon sommeil pour avoir la paix mais troublant celle des autres, et finissant par louer en ville (grâce à ma sœur, car ma tête et mon jeune âge auraient découragé les propriétaires) un studio doté de cabinets et d'une salle de bains ; ce qui me laisse aujourd'hui penser que seul, je l'ai aussi été à cause de mes déjections, ma honte me vouant à puer plus fort que les autres, comme sentent plus fort la sueur des Noirs et la peau des roux, ce qui explique en partie pourquoi je n'ai jamais vécu avec une femme, les pouvoirs de l'odeur étant bien plus importants que ceux de la vue ou de l'ouïe.

Je m'efforçais pourtant de faire bonne figure ; j'avais compris que c'était de cette façon que je me rendrais acceptable ou combattrais le préjugé qui faisait de moi, autre corollaire de la laideur, avec la méchanceté et la puissance sexuelle, une sorte de pervers, même auprès des prostituées du quartier de la gare. À retrouver sur leur visage, à peine voilée, l'expression d'effroi ou de dégoût que je lisais chez la plupart des femmes, je me suis d'abord adressé aux moins belles, souvent déchues, parfois dépourvues de beauté, ou difformes, celles qui allaient avec les Arabes, les Noirs, les vieux, les infirmes, ou les types de mon espèce, m'avait dit un compagnon d'infortune, un étudiant en histoire quitté par sa petite amie, et qui tentait de se consoler avec les plus jolies de ces filles auxquelles, me faisait-il comprendre, il ne souhaitait pas que je m'adresse, sous peine, lui, de déchoir ou d'être obligé de revoir le système des valeurs communes. Je ne répondais pas, si grand était mon souci d'éviter toute violence — une violence dont mon physique m'a paradoxalement protégé, comme si on redoutait non seulement de se souiller en portant la main sur moi mais encore de s'attaquer à un être rendu presque sacré par sa laideur, et qui faisait que certaines filles, parmi les plus belles, se seraient interdit de me refuser, quelques-unes me recherchant discrètement (car j'aurais dégoûté les clients qui me succéderaient s'ils m'avaient vu monter avec elles), me glissant à l'oreille que je leur porterais peut-être bonheur, comme quand on caresse le dos d'un bossu — ma bosse fût-elle d'une autre nature et notre transaction vouée à être gratuite, ce que je refusais, tenant à payer par principe autant que par pitié, ne supportant pas qu'on puisse tirer de moi une satisfaction qui n'obéît pas au vrai, au seul désir, surtout quand je voyais ces filles se donner tout autrement à moi, ou que, grâce à un éclairage particulier, un abandon, un geste inattendu, je pouvais voir de leur nudité ce qu'elles ne m'auraient jamais montré, même si j'y avais mis le prix : un petit bout de chair blanche et lisse, près du sexe, la trace de ce qui avait été leur peau d'enfant et dont le frémissement me donnait envie de pleurer.

Les moins belles, donc, et même, la première fois, la moins jeune, la plus moche : je découvris que la laideur pouvait trouver preneur, une femme de près de cinquante ans, semblable à une ménagère de la campagne, aux cheveux teints en roux, plutôt grosse, vêtue non pas d'un short ou d'une minijupe, mais d'une jupe un peu fendue sur le côté, laissant voir des cuisses assez grasses, et d'un manteau à demi refermé sur une imposante mais point trop lourde poitrine qui était la seule chose que j'aie trouvée désirable. Elle m'a fait connaître ce plaisir à quoi ma main m'avait tant fait rêver, en me parlant doucement, devinant que c'était la première fois et dénudant ses seins sans demander de supplément, puis me caressant les couilles (je reprends ses mots) alors que je m'agitais en elle — caresse quasi maternelle, et devenue pour moi la meilleure manière de trouver le plaisir.

Je ne savais pas encore que, pour les filles publiques, presque tous les hommes sont les mêmes : des bêtes à domestiquer. J'étais incapable, aussi, d'abandonner un peu le sac d'épines que je traînais, d'oublier ce que j'étais, même quand je me délivrais en contemplant les beautés nues des magazines érotiques que j'allais acheter au kiosque de la gare, où il y avait assez de passage et où les vendeurs changeaient assez souvent pour que je ne sois pas gêné de trouver dans ce genre d'achat un surcroît de honte donné par leurs regards moqueurs ou complices ; cette complicité des bas-fonds, qui se noue dans les rues chaudes, les sex-shops, les tripots, tout ce qui m'a toujours fait horreur dans ces chasses nocturnes et dont, sur le moment, si grande est la tension qui nous habite, on ne peut se garder, comme s'il y avait là une fraternité dans l'abjection, provisoire alliance entre les moches, les obsédés sexuels, les solitaires, les abandonnés, tous ceux qui n'ont pas renoncé à tirer au clair ce qui fait d'eux des hommes et qui ont pour cela besoin de ce que nulle femme, épouse ou maîtresse, ne peut leur donner : une paix que je recherchais, moi, entre les cuisses des filles publiques et que ma main, tout experte qu'elle était devenue à me soutirer mon inutile semence, ne me procurait pas entièrement, puisque, souvent, comme avec des prostituées trop belles, je pleurais après avoir joui, moins de remords que de la désolation où j'entrais à me dire que rien ne me serait donné de mieux que ces étreintes qui ressemblaient à un acte hygiénique et non à de l'amour, sachant pourtant que l'amour, tel que je m'en étais fait l'idée d'après les romans, m'était interdit non pas parce que ma figure m'en eût rendu indigne, mais parce que c'était moi qu'on ne méritait pas, aucune femme, sinon ma sœur, d'une certaine façon, avais-je fini par me dire, sanglé dans cette orgueilleuse certitude.

Je pleurais donc devant les filles sur papier glacé, aux corps parfaits, aux poses obscènement innocentes : des filles que je n'aurais jamais ; et si parfois j'espérais trouver leurs semblables, leur incarnation, chez les prostituées, ce n'était là encore qu'un songe : une image reste une image, et on ne saurait aimer vraiment l'actrice dont on est tombé amoureux en la regardant interpréter un rôle au cinéma. Je devinais que les femmes, l'amour, la délivrance sont des illusions dont nous ne nous défaisons que par d'autres illusions, et je voulais demeurer dans cette erreur, un peu comme on boit pour oublier qu'on boit : manière de traverser les jours qui en valait bien d'autres, n'ayant que cet os à ronger, et pas assez d'argent ou d'audace pour exiger de ces filles qu'elles prennent les mêmes poses que les filles des magazines, entièrement nues, tenant leur sexe ouvert, laissant apparaître cette chair grenat entre leurs doigts aux ongles étincelants, et comprenant, moi, que l'exhibition de certaines parties du corps, vulve, anus, pieds, dos, bouche, est plus difficile pour elles que le fait de s'accoupler avec un être répugnant, de la même façon que le vouvoiement et les bonnes manières impressionnent, parfois défavorablement, comme signe de perversion, je le savais pour m'être rendu compte que bien parler ajoutait par contraste à ma laideur, et qu'il me fallait user des mêmes mots que les prostituées, de leur langage grossier, purement utilitaire, tout en me montrant humble, soumis, timide, cherchant auprès d'elles la mère qu'elles acceptent d'être le temps d'une passe, fiction aussi nécessaire que dérisoire, grâce à quoi elles tiennent à distance la peur ou le dégoût que leur inspirent des clients tels que moi.

XIII

J'ai découvert les rues chaudes, l'ombre et le feu, les hôtels de passe, les parfums de quatre sous, les âmes froides, les allées nocturnes, la lassitude, plus tard les salons de massage, la solitude retrouvée telle une grâce : la grande misère sexuelle, qui est avant tout spirituelle. La misère d'autrui, veux-je dire, car, pour moi, la question était en quelque sorte réglée : j'étais ce que j'étais, par bien des côtés ma vie ne pouvait être qu'un calvaire, et je m'y résignais, pénétré d'une théorie selon laquelle j'allais vivre jusqu'à la fin de mes jours, même si, élaborée dans la détresse et l'angoisse, comme une sorte de pis-aller, cette théorie souffre de plus en plus d'exceptions, et que je sais à présent que la sensualité de la plupart des mâles les voue à souffrir et à désirer la mort, à la rechercher, parfois passionnément, dans ce qu'ils prennent pour de l'amour, rendant les armes devant les femmes, toutes les armes, y compris une liberté dont ils ne savent d'ailleurs que faire.

Une théorie double : celle des corollaires, et celle des équivalences — la seconde se déduisant de la première et s'en jouant, la contredisant parfois.

Je suis jusqu'ici entré dans trop de détails pour qu'il ne me soit pas permis de développer cette question brièvement, avant d'en venir au récit de ce que, provisoirement, et sans sacrifier aux langages dominants, je me résigne à appeler ma vie sexuelle (et pour laquelle il serait plus juste de parler d'activité sexuelle).

Les corollaires constituent l'éventail fantasmatique de la laideur, telle qu'elle est perçue par autrui et qui fait qu'un homme laid (laid de visage, s'entend, car la question de la difformité corporelle, du handicap, des blessures, est tout autre, et je ne parle ici, pour l'instant, que des hommes) passe pour bien monté, méchant, pervers, redoutable, solitaire, intelligent, malheureux — toutes choses propres à attirer les femmes autant qu'à les repousser, la répulsion l'emportant dans la plupart des cas, ces fantasmes n'étant qu'une façon de ne pas voir la laideur en face, de la rejeter, de la nier — la négation de l'humain, et surtout de l'individu par le collectif, étant une des pratiques les plus répandues qui soient. Je me consolais, vers cette époque, d'une phrase de Rétif de la Bretonne, dans laquelle l'auteur des *Nuits de Paris* dit avoir trouvé à l'âge de douze ans, une fois sa beauté perdue à cause de la petite vérole, un renforcement de sa virilité : je devinais qu'il y avait dans la virilité de quoi me sauver du désespoir et, chez certaines femmes (mes rêves les plus sombres m'amenant peu à peu à cette vérité des profondeurs qui illuminerait ma nuit comme un orage), le désir obscur, réfuté en paroles mais pas en pensée, comme une damnation ou une honte consentie, de se faire prendre par un homme au visage hideux, une sorte de monstre, oui, de descendre au plus profond de soi, là où le désir et l'espoir de salut se rejoignent.

Oubliant mes déconvenues déjà lointaines avec Brigitte Nègre et Marie-Laure Espinasse (en ayant même tiré leçon, me disant que la première était en vérité plus laide que moi mais avait besoin de se convaincre du contraire et de me sacrifier à la déesse sociale pour continuer d'exister, la seconde ayant eu pour moi une sorte de faible, ayant compris qu'il peut y avoir une beauté de la laideur comme il y en a une du diable, mais aussi que les regards d'autrui pèsent sur les cœurs d'un poids considérable), j'en ai déduit qu'à chaque degré de beauté correspond dans l'autre sexe une physionomie équivalente ; ce qui se vérifie chaque jour, les gens beaux s'assemblant, s'appariant, se recherchant par mimétisme autant que par goût, ou pour se protéger réciproquement, quitte à finir par s'entre-dévorer.

C'est pourquoi les gens laids devraient rechercher leurs semblables, et ne pas s'écarter de cette règle.

À cela deux objections : dans la première partie de leur vie, on voit vivre avec de quasi-laiderons des garçons plutôt beaux ; cela peut s'expliquer par le fait que la sexualité des très jeunes hommes est souvent irrégulière, affamée, douloureuse, presque impossible à rassasier, et que la première femme qui donne à ce désir un baume régulier, celle-là est sûre de garder l'homme longtemps, quelle que soit son apparence, la solitude sexuelle étant la pire de toutes, surtout en une époque où la satisfaction des désirs est presque devenue une loi sociale ; ce qui faisait dire au vieil Antoine Poirier, à Siom :

« Heureux l'homme dont la femme a la main couillesque, comme on l'a verte ! »

La deuxième objection consiste à reconnaître la différence de désirs et de buts entre hommes et femmes, ces dernières moins exigeantes que les hommes quant à la beauté physique et à la fréquence des rapports sexuels, en tout cas plus indulgentes, sans oublier qu'une jolie femme peut se donner à un homme laid, alors qu'une femme laide ou plus que mûre aura du mal à susciter le désir d'un homme, sauf perversion particulière ou effet de cristallisation romantique, dirait ma sœur qui, grande lectrice de Stendhal, tenait ma théorie pour nulle, la vie n'étant faite que d'exceptions et *La chartreuse de Parme* étant l'exception des exceptions : un songe, le plus beau de tous, qui l'avait (elle me l'avouerait le soir de ses soixante ans) empêchée de précipiter, du haut de cette étrange falaise volcanique qu'on appelle les orgues de Bort et qui surplombe la ville, ce corps dont les rivières souterraines l'avaient longtemps fait souffrir.

C'est pourtant vers elles, ces femmes laides, que j'ai fini par me tourner, à l'âge de vingt-trois ans, dès mon arrivée à Paris, rêvant d'étreindre d'autres femmes que des prostituées. Mais que pouvais-je espérer, petit provincial plus tourmenté qu'un autre par la chair, et sans fortune ni véritable appui, hormis celui que m'apportait, par la pitié que je lui inspirais, avec mon physique à faire fuir, le chef du bureau des affaires corréziennes, à la mairie de Paris ? Pire qu'un provincial, d'ailleurs : une sorte de rural sans terre ni lignée, ma mère ayant grandi dans une ferme, comme mon père, sentant tous deux la terre, enfants uniques et depuis longtemps sans famille, et ne m'ayant laissé pour tout héritage que ce visage qui m'était un masque que je ne pouvais arracher, avec ma laideur pour seule origine et pour avenir une autre disgrâce, non moins terrible, puisque je renoncerais peu à peu à devenir l'écrivain que j'avais imaginé d'être, Paris me permettant d'échapper d'une certaine façon à ce que je suis, ma laideur se fondant dans ces foules hybrides et aux regards indifférents, et moi, qui hais la foule, y trouvant malgré tout une sorte de paix.

« Et puis, qu'est-ce qu'une femme laide ? », m'a demandé récemment Mélanie, jeune femme à la beauté incertaine et qui, selon l'humeur, pouvait passer pour jolie ou insignifiante, et ce jour-là un peu agacée par une théorie que je n'hésitais pas à exposer à tout vent, et qui lui faisait redouter de se voir rangée dans une catégorie pour elle purement esthétique, donc infamante, puisqu'il s'agit d'êtres vivants, non responsables de leur apparence, et que l'individu est incompatible avec les généralités.

Toute conversation à ce sujet était vaine, aucune femme, même hideuse, ne pouvant s'avouer sa laideur.

« Pourquoi une femme laide est-elle plus laide qu'un homme laid, et plus sévèrement condamnée, sans pouvoir rien espérer, sinon verser dans les amours saphiques ? ai-je répondu avec trop de véhémence pour qu'elle ne l'ait pas pris pour elle.

— Comment me trouves-tu ? », a-t-elle murmuré.

On en venait toujours à cette question, ou on tournait autour, la laissant s'enfoncer en soi comme du givre, les plus audacieuses (celles qui avaient conscience de leur beauté ou de leur charme, et qui, moins sûres d'elles et se sentant menacées, espéraient se délivrer par la parole de ce qu'elles refusaient de toutes leurs forces et qui n'était pas la laideur en soi mais le jugement qu'un type comme moi osait porter sur elles), les plus courageuses, ou les plus fragiles, me lançant :

« Mais qui es-tu, toi, pour juger de ce qui est beau et de ce qui est laid ! Et d'abord, est-ce qu'il existe vraiment quelqu'un de laid ? »

Je répondais que je n'étais rien, que je tirais de cette nullité la possibilité de parler, que j'étais une voix de nulle part, un individu sans avenir.

« Il est vrai que tu en sais plus que les autres sur la laideur », finissent-elles par dire, se mordant aussitôt les lèvres, mais souriantes, vengeuses d'elles-mêmes comme de la gent féminine qu'elles pensent bafouée dès lors qu'une d'entre elles l'est, réaction propre aux femmes, particulièrement aux laides, celles qui ont décidé de tout miser sur l'intelligence, la volonté, le métier, la famille, et même l'amour, non pas comme ma sœur que *La chartreuse de Parme* avait en quelque sorte découragée d'aimer, ou délivrée du vertige immédiat de l'amour, mais, de manière active, en s'encourageant à partir d'autres modèles, non moins oniriques ou impossibles.

Dès lors la conversation était close, l'honneur sauf, la domination féminine rétablie, puisque ce sont les femmes qui, plus ou moins secrètement mais avec une volonté de mettre fin à ce secret et à cette discrétion par un principe légal d'égalité, règnent sur le monde — qui sont le monde, pourrait-on dire, en ce début de millénaire où il leur est possible de se reproduire sans l'intervention directe du mâle, tout souci de filiation, de nom, de famille étant désormais obsolète, l'eugénisme devenant une affaire de femmes, et les hommes ne vivant plus que dans leur propre reflet, dans le regard des autres, des femmes notamment, les sexes étant plus isolés que jamais, par-delà la laideur et la beauté, mais les laids et les beaux plus encore, parce que rares, objets de répulsion ou de convoitise extrêmes.

Fort de ma théorie des équivalences, je suis entré dans le domaine des femmes laides. Domaine incommensurable, et presque aussi difficile à aborder que celui de la beauté ; d'abord parce que, je dois le répéter, il y a peu de femmes qui s'avouent à elles-mêmes qu'elles sont laides ou qui l'acceptent sans lutter, en s'y abandonnant comme à une eau profonde ; et se l'avoueraient-elles, elles passent leur vie à en chercher le démenti dans le regard des hommes, mais non des femmes, aussi cruelles entre elles qu'elles peuvent se montrer indulgentes avec les hommes, et en appelant à l'amour, le grand amour, précisent-elles, comme à un sentiment salvateur, pour ne pas dire transfigurateur (et j'ai vu des femmes sans beauté devenir presque jolies, du moins radieuses, au début de leur amour, fût-il désespéré, encore que le bonheur leur prêtât quelque chose de stupide, et que l'espèce de beauté qu'on peut leur trouver à ce moment ressemblât surtout à la paix rayonnante que donne au visage la satisfaction sexuelle qui délivre le visage de toute tension ou angoisse, et fait qu'on peut, à la terrasse d'un café, s'amuser à repérer dans la rue les femmes qui sortent des bras de leur amant, à la fin de l'après-midi, avec, pour quelques-unes, serrée dans leur ventre, comme le secret de leur amour, la semence de l'amant, certaines m'ayant dit n'éprouver pas de plus grand délice que de la sentir couler d'elles, peu à peu, dans la rue, au moment où elles sentent sur elles tant de regards inconnus), cet amour, cette immense rêverie qu'on entretient autour de la passion et du désir, tout cela se réduisît-il à sa version raisonnable ou fatale qui est d'enfanter, de fonder un foyer, d'illustrer un nom, d'entrer dans le grand souci de la perpétuation.

J'étais à mille lieues de ça, on le devine, ne m'étant jamais vu en père, mais plutôt en fantôme de l'Opéra, pensais-je en songeant à ce frère douloureux et masqué que je m'étais trouvé en lisant à quatorze ans le roman de Gaston Leroux qui (comme le ferait plus tard le terrible et émouvant *Elephant Man* de David Lynch, film dont j'avais accroché l'affiche au mur de ma chambre, par solidarité autant que par l'espoir que, devant ce monstrueux visage, mes visiteuses finissent par me trouver du charme, encore que certaines, à considérer mon lit, aient reculé d'effroi, comme la prostituée ivre que l'on conduit au pauvre John Merrick) était venu remplacer dans mon imagination le prince mué en bête puis sauvé par l'amour du conte de Mme d'Aulnoy — à ceci près qu'aucune belle ne me délivrerait de ma condition : je l'avais toujours su et en suis aussi certain que jamais je ne boirai du lait de femme à sa source, ce qui est pourtant un de mes plus vifs désirs, avec celui d'être aimé d'une jeune Asiatique à la poitrine lourde. De cette bête j'avais néanmoins l'absence de méchanceté, sinon une forme de bonté (je n'ose dire de générosité), et je savais qu'il fallait en faire la preuve, surtout sur le territoire des laides, non pas en les berçant d'illusions (rien ne m'aurait fait plus horreur que de me montrer un simple suborneur, un profiteur, un mendiant amoureux), mais, puisque ma parole est cela seul que j'ai de beau, en leur représentant que, provisoirement, et en attendant mieux, un autre homme, sérieux, puissant, sur qui asseoir une vie de famille, il ne serait pas désagréable de profiter de ce qui pouvait nous faire oublier pour quelques instants notre condition : un peu de chaleur humaine, de tendresse, de joie, les laissais-je penser, pour leur faire oublier mon apparence et s'aveugler sur la leur.

« Mais vous êtes si laid ! », semblaient-elles

me dire en étudiant une proposition qui était cela même dont elles rêvaient, quoique avec un homme tout autrement fait, et mesurant avec crainte ce qu'il leur faudrait rabattre d'orgueil ou d'idées toutes faites pour laisser parler ce désir pourtant si rarement dissocié par elles de l'amour.

J'aurais pu leur répondre, comme les enfants, qu'elles ne s'étaient pas regardées. J'étais même prêt à leur donner une de mes définitions de la laideur : est laide toute femme que non seulement je ne trouve pas belle ni désirable, et celle qui ne croit pas à sa beauté, mais aussi celle qui relance ma propre disgrâce. Plus simplement, par laides, j'entends des femmes au visage plus qu'ingrat, voire insoutenable, mais dont le corps garde assez d'appas pour les rendre malgré tout désirables : un peu comme je suis, moi, assez bien fait, grand, et, me dit-on, doté d'une voix agréable, pour qu'on détourne un peu les yeux de ma figure, moi qui ne pourrais pas faire l'amour avec une grosse femme, aux vilaines jambes, à la poitrine plate, à la peau malsaine ; et je les acceptais sans visage, me résignant à n'être pas regardé, sachant en outre que la beauté des appareils génitaux n'est pas mesurable par les canons du corps ; travaux de semi-aveugles, donc, puisque très souvent dans le noir, les corps sont livrés aux mains, à la bouche, à l'odorat, plutôt qu'aux yeux.

« Oui, je suis laid, semblais-je dire en les approuvant, mais vous n'ignorez pas que ce n'est qu'une apparence, que tout est dans l'art et la manière, que nous ne sommes pas obligés de nous montrer publiquement, que rien n'est meilleur que le secret, la clandestinité, le demi-jour des passions sensuelles. »

C'est là qu'intervient ce que j'appelle l'éventail des corollaires, que j'ai fini par ne plus considérer comme néfastes à mon égard, mais par mettre au service de mes intérêts, laissant ces laides supputer que j'étais plus sensuel, plus attentif que les autres, et bien sûr plus viril ; de quoi je ne jouais cependant pas, une trop grande assurance pouvant conduire au fiasco, et la taille, tout à fait normale, de ma verge décevoir celle qui s'attendrait à un membre de taureau.

Attention, sensualité, sentimentalité, même, j'en avais à revendre, et on m'en était reconnaissant au point que j'acquis bientôt, dans le service où je travaillais, à la mairie de Paris, la réputation d'un type gentil et, quoique drapé d'ombre et de silence, délicat, ce qui ne pouvait que susciter chez les femmes une curiosité prompte à se transformer en un tout autre intérêt.

Mais mon plus grand atout, sinon mon vrai souci, était de leur faire oublier la disgrâce dont elles étaient affligées et qui se concentrait la plupart du temps dans le visage, plus rarement dans le corps ; et s'il m'était possible de caresser des formes imparfaites, dont je savais que je ne pouvais être ému sur-le-champ mais qui, dans la pénombre de ma chambre, les corps dévoilant une tout autre nudité, et perdant en se mouvant leur fadeur ou leur imperfection, me jetaient vers elles comme si je les aimais vraiment. Il me fallait surtout ça : un corps bien fait, ou simplement agréable, et surtout de beaux seins, des fesses pas trop épaisses mais fermes, des jambes point trop fines, pour être capable de désirer ce qu'un visage plus qu'ingrat semblait d'abord interdire ; et je n'étais nullement cynique ni froid, n'exigeant rien au-delà de ce que je sentais s'accorder à ma condition d'homme laid.

Nous étions donc à peu près semblables, ces femmes et moi, affligés d'une disgrâce limitée au visage — un visage que je savais, en outre, capable de se transfigurer dans le plaisir, d'accéder à une apparence sinon belle, du moins émouvante. De cela, peu avant de nouer une liaison avec celle qui allait être ma première maîtresse, j'avais eu la révélation dans le métro, Gare-de-Lyon, devant une jeune fille extraordinairement laide, non seulement de corps (grosse, plutôt petite, boudinée jusqu'au supplice dans un jean trop serré, la poitrine large et flasque), mais de visage, le plus ingrat qui fût, la peau luisante, le nez de travers et retroussé, les lèvres trop minces, des dents proéminentes, de petits yeux égarés derrière des lunettes d'écaille, et une chevelure crêpelée qui voletait dans l'air nauséabond comme de la poussière de lin autour de sa tête. Elle réunissait en elle tout ce qu'on peut exécrer chez une femme, sans rien pour la sauver, traînant un sac trop lourd pour elle, au milieu de voyageurs qui venaient de descendre d'un train et entre lesquels elle avançait à contre-courant, sans parvenir à les esquiver tous, notamment un jeune Noir (un métis assez beau, et ostensiblement conscient de ses avantages) qui, alors qu'elle était à demi tournée pour s'orienter, lui heurta par mégarde la poitrine, marmonna un mot d'excuse puis fila vers la sortie, laissant clouée sur place la fille pour qui le choc avait été douloureux mais qui ne pouvait retenir une expression de joie, soudain rayonnante, la bouche ouverte, le regard plein d'une reconnaissance qui ne s'adressait plus seulement au bel inconnu mais au hasard ou au destin, et, au-delà, à la communauté des mâles, au fait qu'il lui ait été donné d'éprouver ça, contre toute attente, une sorte de bonheur physique né d'un coup de coude dans une poitrine où nul n'avait probablement porté la main, sinon pour se moquer, tous les garçons ayant connu ce genre de fille chez qui on s'amuse à toucher ce qu'on appellera alors des mamelles, des pis, des nichons, jamais des seins, et qui, heurtés par le jeune Noir, devenaient cela, des seins, dans la douleur et la joie, tandis que le visage continuait à être le siège d'un ravissement qu'elle ne cherchait même pas à cacher et qui lui faisait ouvrir toute grande une bouche aux dents serrées dans un appareil dentaire qu'elle mettait d'ordinaire, on peut le croire, tous ses soins à dissimuler, ne parlant que si nécessaire, ne riant pas, et souriant comme une enfant malade. Et voilà qu'une douleur inopinée, loin de la renvoyer à sa laideur et à cet effroi que j'ai connus à bien des femmes dotées d'une grosse poitrine (et qui est la peur du cancer du sein, non seulement de la maladie et de la souffrance, mais de l'ablation de ce qui a fait leur fierté, et, pour certaines, est leur seul élément de séduction), voilà qu'elle trouvait dans cette douleur l'occasion d'une joie incomparable qui avait fait passer son visage de la laideur à la crispation puis à une forme de délivrance qu'elle n'atteindrait sans doute qu'amoureuse ou abandonnée au plaisir, un jour, lorsqu'elle aurait trouvé chaussure à son pied, comme dit la langue populaire qui semble contredire l'arbitraire de mes théories, lesquelles me font me demander par exemple pourquoi mon goût des femmes laides n'implique pas son contraire : le dégoût des jolies femmes, et s'il ne s'agit pas là d'une simple logique de langage, donc d'une imposture.

XIV

Qu'on n'aille pas me voir corseté dans ces théories comme d'autres dans leurs secrets d'enfance ou dans leurs certitudes. Je ne cherchais qu'à abattre ces châteaux de cartes et, sans être conformiste, j'aurais alors tout donné pour ne pas sembler différent d'autrui, même si l'habitude d'être moi-même m'avait octroyé de l'orgueil bien plus que du dépit ou du regret de n'avoir pas été un autre. Je rêvais d'échanger mon cynisme contre une vraie générosité, et contre des pleurs de joie les larmes que me tiraient les beautés que je croisais, çà et là, comme cette jeune Maghrébine qui m'avait abordé, au printemps précédent, rue des Archives, une fille au visage étroit, extraordinairement jolie dans une courte robe de soie marron glacé, mal assurée sur des escarpins trop fins pour le pavé de Paris, ses efforts pour marcher donnant à ses seins et à sa croupe une vie qui m'a ému au point que, moi qui passe toujours mon chemin dès qu'on fait mine de m'approcher et qui pourrais voir crever quelqu'un à mes pieds sans paraître le remarquer puisque c'est moi que ma trogne désignerait d'emblée à la vindicte générale, je me suis arrêté ; je l'ai écoutée me demander une cigarette que je lui ai donnée en lui faisant remarquer, j'ignore pourquoi, n'étant pas avare, ni moralisateur ni plus méchant qu'un autre, qu'il y avait un bureau de tabac au coin de la rue. Elle m'a répondu que ça lui était interdit, qu'elle n'avait pas le droit de mettre les pieds dans un établissement de ce genre, me regardant à la dérobée, tandis que j'essayais de deviner ce qu'elle voulait vraiment, si elle n'était pas une prostituée occasionnelle ou une fille perdue, hésitant à lui proposer d'aller s'asseoir sur un banc ; mais il n'y avait de banc nulle part, sinon l'inconfortable rebord d'un muret, et je n'osais pas lui proposer d'aller jusqu'au jardin de la place des Vosges, son visage soudain figé dans une telle expression d'égarement, une telle détresse que je me suis tu, elle repartant en trébuchant, et moi, pleurant de voir cette belle fille me tourner le dos, oui, pleurant comme il m'arrive de le faire lorsque je suis cloué à moi-même par cette forme d'espérance négative qu'est la plupart du temps le désir.

Il y avait une femme dans ma vie, étais-je heureux de me dire, à vingt-trois ans, songeant à Anne-Marie Blanchard, la première femme avec qui j'ai entretenu une liaison digne de ce nom.

Elle travaillait elle aussi à la mairie de Paris, au service des logements sociaux, et je la rencontrais non pas à la cafétéria, où on nous aurait mis à mort si on nous avait vus en train d'échanger des propos dépassant ce qu'autorise le fait de travailler dans le même lieu, mais dans une brasserie, à l'angle de la rue du Temple et de la rue de Rivoli, où le hasard nous avait placés côte à côte et où elle se réfugiait, comme moi, par répugnance à faire partie d'un groupe autant que par timidité, ce qu'elle me révéla sous le sceau du secret, redoutant qu'une attitude aussi peu sociable, surtout en compagnie d'un type comme moi, ne lui fît du tort.

« Moi, en tout cas, je ne vous jugerai pas, étant comme vous, mal à l'aise avec le monde et pourtant désireux de ne pas m'en couper », ai-je murmuré lorsqu'elle se fut tournée vers moi et m'eut souri pour la première fois, malgré ma figure et ma réputation d'intouchable, mais, ce jour-là, aimant mieux ma compagnie que d'être seule, et moi bénissant cette disposition intérieure qui la faisait se résigner au pire, c'est-à-dire à moi, pour une fois chanceux, et, faute de séduire, soucieux de ne pas déplaire, ni d'effrayer par le côté ténébreux de ma personne, sans savoir ce que je pourrais dire à une femme telle qu'Anne-Marie Blanchard, placée, comme moi, à la mairie de Paris, grâce à l'influence d'un oncle corrézien, à l'un de ces modestes postes qu'on appelait autrefois une sinécure, et dont tant d'écrivains ont bénéficié, en particulier Flaubert, à la fin de sa vie, ruiné par les mauvaises affaires du mari de sa nièce.

À vingt-trois ans, j'étais encore assez naïf pour penser que tout le monde avait lu Flaubert et s'intéressait à sa vie, notamment cette petite employée de bureau de trente-cinq ans au visage ingrat, aux traits anguleux soulignés par un menton trop long, un nez camus, quelques grains de beauté mal placés, et dont le corps n'avait à première vue rien de remarquable : une de ces femmes qu'on regarde pour les oublier sur-le-champ, ou alors (et c'est là qu'on peut mesurer la pente de mon esprit) en se demandant — oui, même moi, sachant ce que j'étais et n'ayant jusque-là fait que payer des femmes plutôt jolies — comment il est possible de les désirer.

Elle ne comprenait peut-être pas de quoi je parlais, mais elle n'y était pas indifférente, ayant lu *Madame Bovary*, au lycée, du moins des extraits. Pour me faire baisser le ton, car, comme tous ceux qui ont rarement l'occasion de dire ce qui leur importe, je parlais un peu trop haut, elle avait posé sa main sur la mienne, et nous les avons regardées, ces mains, non seulement pour échapper à nos visages, mais parce que c'était ce que nous avions de plus beau, elle et moi, ces mains qui se rencontraient et qui ne se quittaient pas, d'abord sur la table, puis, redoutant qu'on nous voie, se lâchant pour se retrouver dessous, d'abord maladroitement, en se frôlant, puis franchement, comme le font deux personnes trop seules et qui ne cherchent rien d'autre que les gestes capables de mettre fin à leur désarroi, ensuite nous regardant dans les yeux, obstinément, là encore pour ne pas nous regarder en face, refusant de voir non pas le visage que nous avions devant nous, mais le nôtre, celui que nous renvoie le regard d'autrui. Nos yeux n'avaient rien de remarquable, de la même couleur marron, tout comme nos cheveux, d'un banal châtain clair — ce qui, tout autant que les serrements de mains, me semblait des signes favorables, sinon la condition pour qu'il se passe quelque chose avec Anne-Marie Blanchard, ayant banni de mes plus fols espoirs, au moins provisoirement, le temps de mettre à l'épreuve ma théorie des équivalences, toute fille qui pût me rappeler Marie-Laure Espinasse, mais aussi parce que les vraies brunes, comme les blondes, lorsqu'elles sont jolies, ont une arrogance propre à leur statut archétypal de blonde ou de brune, qui les rend souveraines et, pour moi, non seulement inaccessibles mais détestables, n'étant à leurs yeux qu'une sorte d'animal inquiétant, même si, aujourd'hui, je n'ignore pas que les plus beaux visages ne le sont, pour la plupart, que de loin, et que, penché sur eux, le regard s'attache aux minuscules défauts de ce qui est vu de près : des défauts qui prennent alors une valeur excessive, tandis qu'avec les femmes laides non seulement ces détails font pour ainsi dire partie du paysage, mais en révèlent d'autres qui, par contraste, nous paraissent dotés d'une beauté autonome, étrange, propre à relancer le désir.

Et puis Anne-Marie (je le découvrirais quelques jours plus tard, en déboutonnant pour la première fois un chemisier, puis en dégrafant son soutien-gorge, penché sur cette peau qui se révélait d'autant plus exquise qu'inattendue et qu'elle se laissait toucher sans retenue ni mesure, tout comme ce sexe dont c'était aussi la première fois qu'il m'était donné d'en caresser un, d'en découvrir la nature humide, tiède, d'une extraordinaire douceur, et les replis secrets, les gonflements subits, avec les gémissements non feints que je suscitais chez Anne-Marie, puisque c'était là non un fugitif simulacre mais une femme, avais-je besoin de me rappeler en laissant couler des larmes qui, avec le temps, et malgré mes cyniques décisions, étaient devenues ma vraie satisfaction), Anne-Marie Blanchard avait, quasi invisibles sous des chemisiers ou des chandails discrets, comme le reste de sa personne, des seins magnifiques. Non qu'elle fût mal habillée : elle l'était sans recherche, et, sachant à quoi s'en tenir sur son visage, elle ne voulait pas qu'on juge d'elle par son corps, consciente de ce que désirent les hommes, elle en avait fait l'expérience, et souhaitant, comme toute femme, être aimée pour elle-même, malgré des jambes trop minces, des fesses pas assez rebondies, des hanches un peu larges — toutes choses que j'ai appris à oublier devant ses seins parfaitement symétriques, fermes, aux pointes d'une exquise finesse, couleur rose thé, et aussi grâce à l'habileté de ses mains sur mon corps, et surtout sur mon sexe qui, pour la première fois, recevait de vraies caresses, tandis que ma bouche connaissait ses premiers baisers, dans la pénombre de son petit appartement, place Franz-Liszt. Et je me laissais aller, les larmes aux yeux, attentif à son plaisir bien plus qu'au mien, n'ayant jamais vu, encore moins entendu la jouissance d'une femme, les gémissements des prostituées étant aussi feints que les cris de plaisir des actrices de films pornographiques ; et ce que, çà et là, j'avais perçu à travers les cloisons de mauvaises chambres d'hôtels était aussi spectaculaire qu'excessif, les femmes donnant une dimension théâtrale à un plaisir qu'elles n'éprouvent que rarement, et qui est remplacé par la quête hystérique et forcenée d'une jouissance devenue mythique, pour chacune d'elles : une quête toujours relancée par l'espoir et déçue par le plaisir masculin qui les laisse en plan, au milieu d'une mer démontée, et passant dès lors à ce que le langage courant appelle l'orgasme clitoridien, qui est la version laïque de la dimension sacrée que devrait établir toute relation charnelle, sans cesser de s'interroger sur la vraisemblance de la jouissance vaginale, et finissant par y penser à peu près comme aux preuves de l'existence de Dieu. La plupart des femmes demeurent dans le doute, par prudence, superstition, refus de désespérer, ou prêtes à se damner, se livrant alors à des pratiques sexuelles sinistres, dangereuses, comme Anne-Marie qui, lorsque je l'ai connue, se donnait en désespoir de cause à des hommes brutaux, souvent vulgaires, socialement inférieurs, dont elle aimait la sueur et les mauvaises odeurs, s'attendant à retrouver ça avec moi et s'étonnant de découvrir une gentillesse et une douceur (c'étaient ses mots, et ils m'étonnaient plus que si elle avait prétendu que j'étais beau) que mon physique ne laissait pas concevoir. Et, pensant à ce que nous étions avant de nous rencontrer, je ne pouvais qu'être bouleversé d'apporter quelque chose de bon à une femme, et aussi de me croire, pour quelques heures, moins laid que je ne suis, et, ainsi, donner à mon visage une chance d'être transfiguré non pas de façon isolée, contrairement à l'espèce de métamorphose que connaît celui d'une femme qui jouit et qui, belle ou laide, trouve une autre figure, au-delà de toute catégorie esthétique ou morale, puisqu'il est quasi impossible de le juger, mais ensemble, dans le mouvement de ce que nous n'osions appeler de l'amour — et qui, pour ma part, n'en était pas, ne pouvait pas en être, puisque j'en avais décidé ainsi, ou, mieux, qu'on en avait décidé pour moi, autrefois, un jour d'avril, à Siom.

Elle n'était pourtant pas armée pour s'engager avec moi dans ce qui devait obéir à l'un des éléments de ma théorie amoureuse : une relation purement physique, tendre, amicale, si l'on veut, mais dépourvue de sentimentalité et d'espoir de procréation, ce qui, la plupart du temps, je le verrais avec celles qui ont succédé à cette femme que j'ai fini par quitter, au bout d'un an, parce que je m'ennuyais avec elle, après l'amour, et que nous n'osions ni l'un ni l'autre nous montrer ensemble dans les lieux où l'on pouvait supposer que nous fussions liés par autre chose que par une relation professionnelle ou amicale : particulièrement au restaurant, le soir, puisqu'un homme et une femme dînant ensemble ne sont pas perçus de la même façon qu'à déjeuner, même dans les établissements américains de restauration rapide, comme les appelait ma sœur, où je pensais que nous échapperions à la malveillance ordinaire, mais où je redécouvrais la cruauté presque innocente ou naturelle des jeunes gens et des enfants, tout à la fois plus généreux et plus impitoyables que les adultes envers ce qui leur répugne et, là aussi, me trouvant déplacé, rejeté, honni, tel que je suis dans les lieux publics, sauf au cinéma, où mon visage reste dans une véritable pénombre, et où je peux jouir d'un film sans avoir à supporter le regard curieux et plus ou moins réprobateur qu'on me lance au théâtre, au concert, dans les expositions, comme si je devais gâcher le plaisir qu'on prend aux œuvres de l'esprit.

Anne-Marie n'aimait pas lire ; elle ne comprenait pas ce que c'était qu'un écrivain ; elle avait peur des livres, comme tant de gens, aujourd'hui encore ; elle pensait même que j'en écrivais en cachette, et des romans obscènes, et elle faisait semblant de lire les livres que je lui prêtais, prétendant les aimer sans pouvoir en parler, me mentant, finissant par se sentir mal à l'aise avec moi, par redouter le moment où, après l'amour, il en serait question. Et non seulement elle n'aimait ni la lecture ni la musique, mais elle répugnait à parler d'elle, de sa famille, de son histoire, les jugeant sans intérêt, en tout cas peu dignes de retenir l'attention d'un homme tel que moi : un homme cultivé, répétait-elle, bien que j'eusse alors surtout l'air d'un de ces éternels étudiants qu'on rencontre dans la littérature russe.

« Tu restes avec moi parce que tu ne trouves pas mieux », a-t-elle fini par me dire, dans cette brasserie de la rue du Temple où tout avait commencé et où notre histoire s'est achevée — le seul lieu public où nous nous soyons jamais retrouvés, à cause de notre apparence, de la mienne, surtout, qui était une fatalité que nous tentions de ne pas nous jeter à la figure mais qui à la longue nous condamnerait à une clandestinité plus rigoureuse et monotone que celle d'amants adultérins.

Et ça se terminerait toujours pour moi de cette façon, à cause des principes sur lesquels repose ma théorie autant que par volonté de ne pas tomber amoureux et de ne pas souffrir, puisque ces femmes ne sauraient m'aimer vraiment, elles, que ma laideur était trop grande pour qu'elles puissent me considérer autrement que comme un amant des mauvais instants, le merle qu'on mange faute de grives, et qui n'est même pas un merle, mais une sorte de corneille dont le cri finit par les rappeler à l'ordre, cet ordre social qui est pour elles indissociable de l'amour, sinon son destin.

« Tu préfères ne pas être heureux », me dirait un jour une autre de mes amantes qui avait, celle-là, le défaut d'être minuscule, avec un visage plutôt agréable, très brune, de type italien, un corps d'adolescente chétive, un tempérament de braise, comme on dit dans les mauvais écrits, selon une expression qui me hantait parce que, jusqu'à Véronique, il me semblait que je ne pourrais en éprouver la véracité ou le ridicule, et que ce sont ces expressions populaires, telle la formule « je t'aime », que je n'ai jamais employée de ma vie, qui disent le vrai, tout au moins l'exultation de la vérité amoureuse.

Véronique Fautrier était bien trop petite pour que, dans la rue, le regard des passants n'aille pas d'elle à moi, et inversement, ne s'étonne du couple que nous formions, s'indignant, ricanant, riant sous cape, se moquant parfois ouvertement avec cette odieuse assurance que dicte le bonheur de n'être pas *comme ça*, pensais-je en serrant la main de la jeune femme que, de dos, on aurait pu prendre pour une petite fille — la mienne, me disais-je : illusion brève et troublante, après laquelle je devais soutenir, bien plus qu'elle, les regards auxquels je croyais être habitué mais qui, du fait que je tenais une femme par la main, se faisaient plus acerbes, inquisiteurs, menaçants, même, ainsi que je les avais vus quelquefois adressés à des filles qui, assez rares, en ces années-là, s'affichaient avec des hommes d'autres races, pensais-je encore en serrant la main de Véronique qui savait, elle aussi, qu'il fallait faire semblant de ne rien voir, et continuer à marcher sur les quais, comme si nous étions seuls au monde, avec l'éternité devant nous.

« Et non seulement tu ne veux pas être heureux, mais tu aimes l'échec, le malheur, ta disgrâce, et, peut-être, la mienne, oui, c'est peut-être ça que tu aimes en moi, par peur autant que par vice », a-t-elle ajouté, en larmes, sur la place de l'Hôtel-de-Ville balayée par un vent glacial qui soufflait de la Seine et nous faisait grelotter. J'étais effrayé par la colère de ce petit bout de femme à qui j'avais souvent dit que je ne pourrais rien lui donner d'autre que ce que je lui donnais, ma laideur m'interdisant de sortir de moi-même, me clouant à mon enfance comme un oiseau de malheur à une porte de grange.

Elle avait pourtant espéré, attendu, prié pour autre chose, et elle me plaquait là, dans le froid humide de février, comme les autres, au milieu de l'hiver, parce que j'étais incapable de leur faire traverser l'hiver ; incapable, aussi, de rien lui répondre, la perdant parce que j'abhorre les scènes et que je donne l'impression de ne pas lutter, d'être indifférent. Ce n'était pas faute de lui avoir expliqué que les disputes publiques redoublent ma laideur, me font passer pour un satyre pris sur le fait, me laissent paralysé, sans voix, plus humilié que si j'étais surpris en train de déféquer sur la place de l'Hôtel-de-Ville, pensais-je en la regardant courir vers le quai de Gesvres, et moi, tourné en direction de Notre-Dame, seul, tel un de ces condamnés qui subirent sur cette même place l'atroce supplice de la roue, de la décapitation ou du feu, et puis, tout étant perdu, et parce qu'un des gardes de l'Hôtel de Ville me regardait avec un petit sourire, me reconnaissait peut-être, malgré la nuit, m'en allant à grands pas vers la rue Quincampoix où il y avait encore, à cette époque, des filles publiques, la plupart munies de fouets et harnachées de cuir, ce qui n'était pas de mon goût, même s'il me semblait que je méritais le fouet, ce soir-là ; mais ces filles ne m'auraient rien fait expier, et j'ai poursuivi mon chemin vers la rue Saint-Denis, où, bien que la morsure du froid sur les poitrines dénudées me laissât pantelant de désir, je n'allais guère en hiver, parce que les filles n'aiment pas qu'on les caresse avec des mains glacées et que le temps que je passe avec elles est trop court pour permettre à mes doigts de se réchauffer, si bien que, non content d'être laid, j'ajouterais à ma disgrâce et à ma peine celle de me croire un manchot ou amputé des mains, ne tenant plus au monde que par ce sexe bientôt réduit à son insignifiance par un médiocre plaisir.

J'étais seul, de nouveau, n'ayant pu me faire comprendre, ni su m'insurger contre le langage de sacrifice tenu par ces amantes qui avaient elles-mêmes marqué les limites de notre relation, et qui, les outrepassant, finissaient par s'écrier, comme si je les avais trahies :

« Tu es moche, oui, moralement laid ! »

Phrase qu'au moment de me quitter, un an plus tard, m'a lancée Catherine Lucet, jeune personne dont on ne pouvait étrangement dire qu'elle était laide, quoiqu'elle n'eût rien de beau, tout jugement s'effaçant devant elle à tel point qu'on était gêné de la regarder attentivement et qu'on la voyait mieux les yeux fermés, si je puis dire, à travers ses parfums, car c'est au rayon de la parfumerie d'un grand magasin que je l'avais rencontrée, mon assiduité en matière de parfums m'ayant fait remarquer d'elle, qui avait sans doute compris que l'odorat est, en amour, un sens plus généreux que la vue et tout aussi déterminant que celle-ci. Sa phrase, elle l'avait prononcée au moment de me quitter, comme elles font toutes, même si c'est moi qui provoque la rupture pour leur laisser l'avantage du dernier mot, celui par lequel l'honneur est sauf, si tant est qu'en matière amoureuse l'honneur ou la justice entrent en compte.

Elle visait évidemment mon physique, ou plutôt ce qu'elle pensait être l'influence de mon esprit sur mon visage. Il aurait été facile de lui rendre la monnaie de sa pièce, à elle comme aux autres, de la renvoyer à ce qu'il y avait de laid, aussi, en elle ; mais je ne suis jamais tombé assez bas devant ces femmes criant leur dépit, leur haine, leur dégoût, leur lassitude ; j'acceptais sans broncher la logique de mes traits et ce qui constituait mon apparence, ayant prévu cette fin, ma théorie continuant à me protéger, à me permettre d'avancer dans le monde sans (osons pour une fois jouer sur les mots) y faire trop mauvaise figure.

XV

Je ne suis pas un Casanova du rebut, un don Juan de l'abîme, un jouisseur au rabais. Je ne veux pas donner de moi une idée trompeuse, ni l'impression d'un séducteur qui par défaut aurait circonscrit son champ d'action à une catégorie esthétique réprouvée ou dont le goût impliquerait le mépris de ses conquêtes, ou une chasse utilitaire, voire hygiénique, qui fait dire à tant d'hommes qu'il suffit de mettre un oreiller sur la tête d'une laide pour jouir des avantages d'une belle femme. Je continuais à être seul. Entre les trois femmes que je viens d'évoquer, il s'était écoulé à chaque fois plus d'une année, le temps nécessaire à l'esprit pour respirer, oublier, redevenir disponible, mériter un autre corps ; de vingt-trois à trente-deux ans, j'ai vécu dans une alternance de joie mesurée et de longues disettes, puisqu'il m'a fallu attendre l'âge de trente-trois ans (celui auquel je suis entré dans le journalisme) pour connaître une sorte d'apaisement : des amours plus régulières, avec des femmes à qui mon métier de journaliste faisait trouver intéressante ma disgrâce, et, pour moi, quelque chose qui s'approchât de l'amour.

Je vois se lever des têtes, des yeux briller, des lèvres se retrousser pour me mettre en pièces : il fallait bien que je rencontre l'amour, d'une façon ou d'une autre, et que je souffre, que j'expie, comme on dit dans les magazines féminins et comme le penseront celles qui, j'imagine, blessées par mes propos et par le fait qu'un type comme moi puisse prétendre à ce sentiment, attendent d'être vengées, et que je connaisse enfin les tourments de l'amour, qu'une femme me tienne la dragée haute, me fasse renier le cynisme de mes théories. Eh bien, non ! Jamais je n'ai aimé, pas encore, incapable d'aller au-delà de moi-même, de la forteresse de mon visage, ni de croire qu'une belle personne puisse s'enflammer sérieusement pour moi, protégé autant qu'interdit par ma laideur, qui est une sorte de liberté surveillée dont j'ai trouvé à m'accommoder.

« Mais la beauté intérieure, le charme, les choses immatérielles qui sont en toute femme et qui ne demandent qu'à se concrétiser grâce à l'amour ? Et cette part féminine que chaque homme recèle plus ou moins ? », m'avait dit une autre de mes maîtresses, Isabelle Legendre, professeur d'anglais au visage à peu près insoutenable, qui trouvait que le fait d'avancer la langue pour prononcer le « th » me donnait l'air différent, presque transfiguré, sinon beau, et avec elle, tant d'autres femmes qui ont croisé mon chemin et se sont heurtées à ce que l'une d'elles appelait ma muraille de Chine.

Tout ça n'est pas fait pour moi : des consolations de pauvre, des fadaises, et j'étais, moi, plus que pauvre, misérable même, mais avec une fausse confiance en moi dictée par mon seul orgueil. Discours entendu dans la bouche d'une femme rencontrée, à trente-six ans, dans un avion où elle servait comme hôtesse de l'air. Je n'ai pas le goût de l'uniforme ni du harnachement, encore moins de la mise en scène. Je suis un type simple qui ne demande à l'amour que ce que d'autres appellent chaleur humaine et qu'il ne peut trouver que dans la sexualité, et je ne cherche nullement à dominer autrui, surtout pas les femmes, particulièrement les laides, à qui, comme aux autres, il faut laisser croire que ce sont elles qui mènent la danse, et qui la mènent, le plus souvent. Et peu m'importe qu'elles le croient ou qu'elles dominent réellement, puisque je suis de toute façon hors jeu, et que le plaisir, plus encore, la jouissance inconnue et inavouable, est la seule chose que ces femmes attendent de moi, même quand elles se font sentimentales. Un plaisir dont elles finissent par faire leur unique, leur secrète loi, amantes disgraciées, solitaires, mères socialement comblées mais s'ennuyant en famille, ou anciennes belles — celles que nul ne convoite plus, sauf moi, qui ai appris non pas à me contenter des restes mais à les accommoder à ma souffrance, prêtant une oreille attentive à ces femmes délaissées, nos doutes, nos hantises, nos peurs trouvant à s'accorder : pour elles, leur beauté enfuie, pour moi celle que je ne posséderai jamais ; d'un côté la déchéance de l'âge, de l'autre une disgrâce que l'âge ne modifiera pas, mais que le plaisir et la parole qui lui succède peuvent faire oublier un instant. Un plaisir parfois dur, qui donne un sentiment de puissance et d'invulnérabilité aussi grand que celui qu'on éprouve devant une foule délirant dans un stade ou sur un boulevard, ou bien, de façon apparemment inverse (la menace, la fragilité étant parfois la condition du plaisir), dans le fracas d'avions de chasse passant au-dessus de Paris, lors du 14 Juillet, ou encore, dans le bruit des réacteurs d'un long-courrier décollant pour Montréal, où j'accompagnais l'homme politique dont je dirige le journal, n'ayant jamais pris l'avion (m'étant toujours arrangé, lorsque j'étais obligé de voyager, pour le faire en train, en bateau ou en voiture), et nullement rassuré, effrayé, même, ayant obtenu de m'asseoir tout au fond de la cabine, là où, dit-on, on a quelque chance de survivre, en cas d'accident, et regardant de façon insistante l'hôtesse qui, tout près de moi, assise sur un strapontin, le temps du décollage, s'est penchée pour me dire à voix basse, éprouvant sans doute un surcroît de pitié pour mon visage que l'inquiétude devait rendre aussi grotesque que l'allure d'un porc conduit au couteau sacrificiel :

« Vous avez peur, n'est-ce pas ? »

Je lui ai dit que c'était vrai, et que rien ne me ferait plus de bien qu'un double whisky.

« Soyez un peu patient », a-t-elle murmuré avant de se lever, quelques minutes plus tard, lorsque l'avion eut franchi la couche de nuages qui recouvrait Paris.

« Voyez, le ciel est bleu, maintenant, et il le sera jusqu'à Montréal », a-t-elle ajouté, un peu plus fort, en me tendant ce qu'elle désignait, avec l'accent américain propre aux Québécois s'exprimant en anglais, comme un « double scotch ».

Alors, seulement, je l'ai regardée : une femme

de taille moyenne, bien prise dans son uniforme bordeaux, mais sans qu'on puisse deviner de ses formes autre chose qu'un corps menu et ferme, les cheveux ramassés en un court chignon au-dessus d'un visage dont (pour avoir d'abord pensé qu'elle était jolie, comme j'imaginais que devaient l'être toutes les hôtesses de l'air, même si, comme je l'ai dit déjà, contrairement à tant d'hommes, je n'ai aucune appétence pour les femmes en uniforme) je constatais avec un regret mêlé d'espoir qu'il était presque laid, et non seulement ingrat, mais plus de la première jeunesse, tout comme celui de ses collègues, dont beaucoup étaient plus que mûres, et franchement laides, les cheveux grisonnants, la taille épaisse, avec des manières peu amènes de femmes passées de l'autre côté.

Car si j'accueille pour mon usage personnel une certaine forme de laideur, je ne peux la tolérer chez des gens dont c'est le métier de paraître en public, d'être en relation avec des clients ou des passagers : l'absence de beauté est alors offensante, et cela va croissant, puisque les sectateurs du Bien trouvent à exercer là aussi leurs talents, imposant partout des handicapés, des obèses, des déficients esthétiques, dirais-je pour reprendre le langage de l'ennemi dont ma sœur a démonté la rhétorique dans une mordante étude intitulée : *L'art de s'aveugler*. M'imagine-t-on en conseiller financier dans une agence bancaire, ou exerçant le métier de pédiatre ?

Ces femmes, m'expliquerait Claudine, l'hôtesse d'Air Canada (et disant cela, elle semblait s'en désolidariser, étant plus jeune que ses consœurs, ayant compris le sens de la question que je lui posais sur ces femmes dont je me demandais si elles n'étaient pas là pour rassurer les passagers par un aspect maternel, tandis que de trop jolies et jeunes hôtesses n'auraient fait que réveiller le désir des hommes, en même temps que la haine des femmes — c'est-à-dire l'instinct de meurtre, ce qui est bien la dernière chose qui doive se manifester en vol), ces femmes, donc, étaient en effet proches de la retraite, et pour cette raison affectées à des lignes prestigieuses, aux escales aussi agréables que celles de Paris, de Londres, ou de Rome.

Je vois sourire d'autres bouches : quoi de plus banal, donc quasi vulgaire, qu'une liaison avec une hôtesse de l'air, surtout après *La peau douce* de Truffaut, film qui m'a toujours ému, et en quelque sorte déniaisé, non seulement à cause de la fragile beauté de Françoise Dorléac, dont on ne peut oublier qu'elle est morte si jeune, mais aussi à cause de Jean

Desailly, qui incarne l'amant, un écrivain dont on se demande s'il peut en exister encore de la sorte, aujourd'hui : un homme de lettres, plutôt, écrivant à l'abri de sa bibliothèque et de certitudes d'un autre âge. Jean Desailly dont la voix est agaçante, et le physique si banal, si fade, si petit-bourgeois, pour ne pas dire insignifiant, qu'on a peine à croire que la jeune hôtesse incarnée par Françoise Dorléac puisse s'intéresser à lui. Mais c'est peut-être l'écrivain, au statut encore prestigieux dans les années 1960, qui la séduit, avant qu'elle ne se rende compte que rien n'est possible avec cet homme à qui l'amour et la mort seront, en fin de compte, ce qui arrive de mieux.

Je n'ai pas envié l'écrivain joué par Desailly ; j'avais depuis longtemps abandonné mes songes d'écriture et dépassé le stade de l'identification rêveuse, sauf lorsque je regarde un film pornographique où il est impossible de ne pas s'identifier à l'acteur, non pas socialement, ni psychologiquement, mais dans l'anonymat du désir immédiat, surtout si on coupe le son du téléviseur pour se débarrasser des voix, de l'indigence du scénario, regarder revenant dès lors à accomplir les mêmes gestes que l'acteur, dans une solitude où il ne s'agit que de parvenir à la jouissance et, comme lui, de jouir manuellement sur un visage aussi absent qu'offert, quand ce n'est pas sur l'écran, c'est-à-dire sur la même image que l'acteur, le rite de l'éjaculation pornographique rejoignant celui du masturbateur solitaire, ayant la même fonction sociale, hygiénique, donc sourdement morale, qui, par le subterfuge consistant à se dédoubler dans la mécanique du plaisir, tend à délivrer les hommes de ce qui les hante et les brûle.

Pendant le vol, Claudine est souvent revenue près de moi. Elle me parlait de son métier, de ses joies, de ses contraintes, des études qu'elle avait dû abandonner pour gagner sa vie, à la mort de son père qui tenait un petit restaurant à Moncton, dans la province du Nouveau-Brunswick, du fait qu'il lui était impossible de fonder une famille, de son choix de ne pas en avoir ; propos qui avaient sans doute pour but non pas de se livrer mais, établissant un de ces parallèles qui sont le frémissant protocole des conversations comme des rencontres, de savoir à qui elle avait affaire, qui j'étais, moi, en qui elle devinait un frère en solitude, à cause de mon visage mais aussi de quelque chose de doux, me dirait-elle plus tard, ayant trouvé dans mon regard je ne sais quoi de lumineux — ce qu'elle était bien la première à me dire, moi qui ai toujours pensé qu'il est des plus sombres, ce regard qui ne se porte sur les femmes que de biais, quand elles ne me regardent pas ou ne peuvent me voir.

Je ne l'ai pas crue. C'était là une façon de me faire savoir que je n'étais pas beau mais qu'elle passerait outre, comme elle pensait que je le ferais pour elle, d'emblée si impressionnée par ma qualité de journaliste que j'ai pensé qu'il ne nous serait plus possible de parler, surtout après lui avoir dit que, pendant plus de dix ans, j'avais rêvé que je serais écrivain mais que j'y avais renoncé parce que trop laid, ou que ma laideur suffisait à occuper ma vie intérieure. Elle m'a regardé posément, avant de me dire qu'elle ne me comprenait pas très bien.

« Et puis, excusez-moi, je reste là à bavarder avec vous, négligeant mon travail, vous faisant perdre votre temps », souffla-t-elle en rejoignant ses collègues, et ne revenant plus de tout le reste du vol, me laissant dépité, dans la crainte de l'avoir blessée par des propos prétentieux, donc désireux de réparer mes torts, et lui remettant en sortant de l'avion, non pas discrètement, car elle était entourée de ses collègues, mais ostensiblement, lui présentant comme quelque chose de promis, et dont le caractère ne pouvait qu'être professionnel, une enveloppe contenant une lettre dans laquelle, me sentant devenir comme d'habitude une proie et y consentant avec une certaine bassesse qui était la condition, je l'avais compris, pour que ces femmes acceptent de coucher avec moi, je lui disais regretter que nous n'ayons pas poursuivi notre conversation, et qu'elle avait tort de penser qu'elle ne pouvait pas me comprendre, elle qui lisait tant de choses dans les regards, et lui donnant le nom de l'hôtel où je descendrais, à Montréal, ainsi que mon numéro de téléphone parisien.

Ma sœur dirait que je jouais sur du velours, que rien n'était plus facile que d'intéresser ce qu'elle appelait une pauvre fille — n'ayant, ma sœur, à mesure qu'elle vieillissait, que peu d'estime pour les gens qui n'étaient pas, comme nous, voués à la langue, à la littérature, à l'art : des intellectuels, des solitaires, ou, comme moi, des rêveurs, réprouvant en outre les courts-circuits sociaux suscités par le désir et par l'amour.

Il était facile, en effet, même pour un type tel que moi, de séduire une Claudine Lafontaine ; mais on pouvait aussi voir les choses autrement et dire « une belle relation », pour reprendre le mot employé par cette Canadienne qui avait au moins quinze ans de plus que moi, et qui finirait par m'appeler à Paris, deux semaines plus tard, se donnant à moi le soir même, non pas dans mon appartement de la rue Corneille, où je répugnais à emmener celles que ma sœur appelait, de façon désuète, mes conquêtes, mais rue de Beaune, dans le petit hôtel où elle aimait descendre quand l'escale lui permettait d'échapper aux hôtels internationaux de l'aéroport.

Devant cette femme mûre, presque vieille pour moi qui n'avais que trente-six ans, et sans autre beauté qu'un corps musculeux et sain d'Américaine du Nord, je me sentais sur le point d'être heureux, mais j'aurais aussi bien pu être cruel, l'amour établissant non seulement d'étonnants anachronismes par lesquels s'affirment le triomphe de la vie, mais encore l'impossibilité de la durée amoureuse, ma liaison avec Claudine étant en outre soumise à trop d'intervalles dus à son métier pour que ne fût pas formulée la demande que je redoutais et qui était d'aller vivre au Nouveau-Brunswick, avec elle, dans une maison pour laquelle elle mettait de l'argent de côté, dans ce qu'elle appelait aussi l'Acadie, près de Bathurst, dans la baie des Chaleurs, face à la Gaspésie, le plus beau paysage du monde, m'assurait-elle, et où je serais si bien pour écrire, et pour aimer, elle s'occupant de moi comme jamais on ne l'avait sans doute fait, il n'était pas difficile de le deviner, et moi me donnant entièrement à une œuvre dans laquelle j'aurais repris espoir grâce à elle, les femmes finissant toujours par se trouver ce rôle-là : nous permettre d'échapper à nous-mêmes, de nous transformer, de nous sauver, même au prix de tragiques illusions, en ravivant en nous ce qu'il y a de meilleur, mais qui n'est que la face lumineuse du pire.

Écrire est devenu au fil des ans un de ces rêves dont un homme peut, sans se considérer tout à fait comme un raté, nourrir une vie entière, et sans vivre avec une femme. J'étais incapable de partager l'existence de personne, surtout une femme que je n'estimerais que sexuellement, me vouant, si je vivais avec elle, à cesser de la désirer et à la mépriser, sinon la détester, la solitude à deux n'étant en rien l'âpre, la difficile mais calme solitude dans laquelle je vis, d'abord par la force des choses, ensuite pour en avoir apprécié les vertus, tandis que le couple, même libre, appartient à un ordre qui m'a d'emblée décrété paria, non seulement pour moi, bien sûr, mais pour tout le monde, ce qui ne m'empêchait pas de rêver à l'ordre ancien, à une époque où le mariage signifiait quelque chose, où il n'était pas qu'une forteresse bourgeoise, encore moins l'objet d'une dérisoire revendication homosexuelle et non moins petite-bourgeoise ; une époque où, malgré ma laideur, j'aurais eu, si j'avais été riche, la possibilité d'épouser quelqu'un de plus beau que moi — ce qui, en y réfléchissant bien, m'aurait fait horreur : qu'est-ce qu'une fille de bonne famille, jeune, vierge et jolie, aurait ressenti à me voir approcher d'elle, pendant la nuit de noces, ne connaissant de l'homme que ce que lui en aurait dit sa mère, quelques heures plus tôt, et se trouvant face à un homme nu, au vit turgescent au bas d'un ventre fripé ou bedonnant, au regard inquiétant, déchirée, pénétrée, violentée comme une fille de ferme derrière une haie, pensais-je en frémissant à l'idée de ma hure penchée sur une douce figure d'enfant dont je saccagerais l'innocence et même ce qui lui survit : les rêves, la maternité, l'éternité amoureuse, comme la cadette du maréchal de Lorges, mariée à quatorze ans au duc de Lauzun qui en avait soixante-deux, enfant sacrifiée, trop jeune être dont on ne songeait qu'à se défaire parce que fille, et entrée dans l'infini martyre des femmes.

Ma sœur, à qui je disais presque tout, m'avait, à propos de Claudine Lafontaine, parlé de Marcel Jouhandeau qui avait choisi une femme, Élise, dont il n'avait non seulement nul besoin, lui qui aimait les jeunes hommes, mais qui était celle avec qui il pouvait le moins bien s'accorder, fort de cette étrange loi, que je n'ai lue que sous la plume de ce détrousseur d'âmes, qui veut qu'on choisisse toujours ce qui est le moins fait pour soi, par extrême sensibilité à ce qui nous étonne, dût-on expier par un supplice éternel une seule heure d'amour.

Nous lisions beaucoup Jouhandeau, compatriote singulier et merveilleux écrivain, aujourd'hui presque oublié, sauf pour le couple spectaculaire qu'il formait avec Élise. Mais je répugnais à toute idée de couple ; vieillir en compagnie d'une femme que je verrais s'enfoncer dans l'âge, et plus vite que moi, voilà qui me semblait, à trente-six ans, une figure des Enfers, la laideur n'étant rien en comparaison de l'âge, même s'il est vrai qu'on ne perçoit pas plus sa propre laideur qu'on ne voit le temps passer. Et Claudine me proposait d'échanger la somme déjà importante de ses années contre ma jeunesse. Son âge m'était odieux, non pas en soi, mais en raison des espoirs de jouvence qu'elle entretenait. C'était en tout cas bien pis que d'embrasser une femme qu'on trouve évidemment laide, ou dont l'odeur, les humeurs, le grain de la peau, le rire, la voix ne s'accordent pas aux nôtres, choses pour moi indispensables, puisque, pour la plupart, mes amantes, pour mon plus grand bonheur, demandent l'ombre des chambres et se fient à d'autres sens que la vue, exigeant aussi que je quitte leur couche avant l'aube, ou, les rares fois où je reste jusqu'au matin, m'interdisant de les regarder et courant s'enfermer dans la salle de bains, afin que je ne les voie pas, que je ne mesure pas combien elles paraissent différentes, après l'amour, à la lumière du jour.

Et pourtant, attiré, comme tout homme, par les très jeunes femmes, voire par les adolescentes, à mesure que je vieillis, c'était aux femmes mûres qu'allaient mes préférences, comme si j'avais là moins à redouter de ma disgrâce, la figure de Marie-Laure Espinasse resurgissant dès que je m'avisais de déroger à ma règle pour trouver à mon goût une femme jeune et jolie, dont il était évident qu'elle ne s'intéressait qu'à ma qualité de journaliste — les folliculaires tendant à remplacer les romanciers non seulement dans les faits mais dans l'imaginaire féminin, disait ma sœur qui voyait là un signe, parmi cent, de la fin de la littérature et faisait mine de se réjouir que je ne sois pas, en fin de compte, devenu écrivain.

Ma théorie n'était qu'une sorte de préjugé ; l'âge ne change rien au désir ni à l'amour, non plus que la laideur ; bien au contraire il leur donne de l'aplomb et de la profondeur ; et c'est la générosité des femmes (ou une forme d'innocence, ou la fraîcheur d'un regard qui va au-delà de l'immédiat) qui me vaut leurs faveurs, et non ma conception des équivalences dont je ne voulais cependant pas plus démordre que de l'impossibilité, ou de ma terreur, de tomber amoureux. Une générosité que j'ai parfois trouvée sous des formes vulgaires, ou désespérées, par exemple avec une jeune femme, la plus jolie, sans doute, de celles que j'ai connues jusqu'ici, puisque brune avec des yeux d'un bleu glacial, et au corps splendide, rencontrée un soir, avenue des Champs-Élysées, et qui m'avait abordé en me demandant de l'accompagner dans une boîte de nuit où on n'admettait pas de femmes seules. Sur mon refus, me voyant plus désespéré qu'elle, renonçant à son désir de faire la fête, pour employer une expression qui désigne quelque chose à quoi je suis parfaitement étranger, elle m'a proposé de prendre un verre avec elle, n'importe où, pourvu qu'elle ne restât pas seule. Conversation qui s'est terminée chez elle, rue des Acacias, où elle vivait dans un sinistre meublé, et où elle s'est déhabillée tout de go, refusant en riant trop fort l'argent que je croyais devoir lui donner, m'assurant qu'elle n'était pas une pute, pas même une occasionnelle, mais une fille seule : une fille qui venait de se faire plaquer et qui, me suis-je dit, n'avait de cesse qu'elle ne se fût vengée en s'humiliant, se dégradant, se donnant au premier venu — à l'homme le plus laid de la terre, ai-je pensé en la voyant s'approcher de moi pour déboutonner ma braguette, ne désirant rien d'autre que ma queue, a-t-elle murmuré en fermant les yeux avec une telle expression de souffrance et de résignation que j'ai été sur le point de la gifler. Et comme je ne bougeais pas, me demandant s'il ne fallait pas mettre tout ça au compte non pas du chagrin, de l'orgueil blessé, de l'ivresse, mais d'une forme de perversion, et répugnant à profiter d'une situation peut-être dangereuse, m'attendant même à voir surgir quelque marlou chargé de me dévaliser :

« Baise-moi, donne-moi ta queue, rien que ta queue », a-t-elle dit, très fort, trop fort pour que je ne l'aie prise par la main, l'écartant de moi, la priant de s'asseoir, lui disant qu'elle allait regretter ce qu'elle faisait, que je n'étais pas assez bien pour elle.

Elle a eu ces mots qui me sont restés dans le cœur :

« C'est moi qui suis moche. »

Je l'ai laissée là, refusant d'enfreindre ma loi, certain que je n'aurais pu la pénétrer dans ces conditions, encore moins y trouver du plaisir, sa générosité relevant du désespoir ou d'une forme de sublime bien plus que du désir, et moi, incapable d'être son instrument, cette nuit-là, même si je savais que, pour toutes mes maîtresses, je suis une sorte de pis-aller, un objet passager, une consolation inavouable.

XVI

Cet épisode m'amène aux exceptions. Je prenais de l'âge. Mes goûts s'affirmaient avec une rigueur toujours plus grande, mes centres d'intérêt, aussi. Je voyageais moins, et sans plaisir ; je souhaitais même ne plus bouger du tout : peut-on aller plus loin qu'en un ventre de femme ? Ma vie était austère et monotone : celle des grands rêveurs, des solitaires, des résignés. J'exerçais correctement mon métier, je faisais l'amour plus régulièrement, je lisais en songeant aux livres que je n'écrirais pas et qui s'écrivaient cependant en moi, dans cette arrière-boutique des songes où les regrets sont la forme définitive de l'espoir. Et de même que certains bâtissent des moulins pour y mourir de faim, de même j'étais entré dans la vie pour y moudre un chagrin que je préférais au néant, mais avec toujours plus de résignation ; une résignation proche de la famine, pétrissant mon pain à partir de ce que j'étais et qui se révélait bien plus savoureux que toutes les qualités plastiques, puis-je me dire aujourd'hui, et ce n'est pas une façon de combler par un paradoxe le vide d'une existence sans autre amour que ce que m'en font connaître les livres.

J'allais avoir quarante-huit ans. Je basculais vers cette cinquantaine tant redoutée par les hommes, et qui est, pour les femmes, le commencement de l'enfer. Ma situation n'avait guère changé. Ma mère était morte, et je n'avais plus de raisons d'aller en Limousin, sinon avec l'increvable député que je continuais à servir, et encore celui-ci, devenu presque coquet en vieillissant, répugnait-il à s'afficher en public avec moi. Supportant de moins en moins la chaleur, j'avais pris l'habitude de passer le mois d'août en Bretagne, que j'avais découverte alors que je préparais un article sur le Chateaubriand politique que mon député aimait citer, séjournant à Dinan, à Combourg, et surtout à Saint-Malo dont les plages étaient belles et populaires, pleines de gens assez laids pour que j'y passe à peu près inaperçu. J'y allais seul, ma sœur détestant la mer, l'étalage de la chair humaine, l'odeur de l'iode, et tout ce qui sent trop fort. Elle continuait à passer ses vacances dans le haut

Limousin, chez notre beau-père avec qui elle s'entendait assez bien, surtout depuis qu'il était veuf, et avec qui elle se rendait à Caussade, dans le Tarn-et-Garonne, à l'endroit où notre père avait trouvé la mort contre un platane ; l'arbre avait été coupé depuis longtemps, mais ma sœur en connaissait l'emplacement, et avait planté dans le talus une petite stèle blanche que les Ponts et Chaussées avaient fait ôter, même après une requête légale, mais sans oser toucher à la croix de pierre qu'elle avait ensuite plantée et que d'anonymes mains venaient fleurir, lui avait dit la propriétaire de la maison la plus proche, qui avait autrefois entendu le bruit de l'accident et vu mon père mort.

Ma théorie n'avait pas changé, mais les exceptions m'intéressaient davantage, la possibilité d'avoir des aventures avec des femmes plus jeunes et moins laides se faisant plus fréquente, et les femmes de mon âge me paraissant moins désirables, ces dernières cherchant à se caser, à l'approche de l'âge critique, où se joue la comédie du dernier amour — ou de l'avant-dernier. Ma notoriété de journaliste ainsi que la biographie que j'avais consacrée, sur sa demande, à mon homme politique me rendaient un peu moins moche, même si, hors de mon cercle, je demeurais un épouvantail, par exemple pour les garçons coiffeurs qui commencent toujours par couper dans les oreilles des hommes les poils qui en dépassent, par solidarité masculine, sachant la chose difficile à exécuter soi-même, mais que jamais ils ne m'enlevaient, par répugnance ou par timidité : j'ai fini par me faire coiffer à Barbès, chez un barbier kabyle qui me prenait pour l'un des siens et m'avait abordé dans sa langue, un jour où je passais boulevard de Rochechouart, avant de m'en remettre à ma sœur, qui n'y réussit pas trop mal.

Le désir ne me brûlait plus autant, ni le fait de rester plusieurs semaines sans femme, et je ne cherchais plus dans la sexualité une pureté que je n'aurais pas trouvée dans l'ascèse : paradoxe aussi aisé que la dimension sacrificielle que certaines femmes trouvent à se donner au premier venu, comme autrefois les jeunes femmes de Phénicie, au bois sacré de la source d'Astarté, dans la montagne du Liban. C'est d'ailleurs en pensant à elles, et en me rappelant avec quelle facilité j'aurais pu m'en éprendre, que je me suis refusé à celles qui, comme la jeune femme des Champs-Élysées, m'avaient fait des avances ; ne voulant pas être l'instrument d'un instant d'égarement, d'ivresse ou de déchéance, ni me sentir renvoyé de cette façon à un visage dont leurs yeux ne pouvaient dissimuler l'effroi qu'il leur inspirait, fût-il mêlé d'un sombre attrait, je pouvais poser sur le monde un regard apaisé, ou que je voulais tel, car nul n'est à l'abri des flammes.

Peut-être y avait-il là, aussi, la crainte de ce que Stendhal appelle le fiasco, ou un surcroît d'orgueil qui me dictait, pour ne pas déchoir à mes propres yeux, d'être sinon aimé (y prétendrai-je jamais ?), du moins apprécié pour ce que je suis, malheureux, somme toute, mais digne d'être consolé par une femme, la compagne absolue, la figure du plus grand songe que puisse faire un homme, la mère que je n'avais pas eue et qui se soucierait de moi dans ma vie comme dans ma mort, accomplissant notre vie amoureuse au-delà de la mienne, dans le grand flux des extériorités agissantes qui la perpétuent, aurait dit ma sœur, qui continuait de lire avec passion les philosophes.

Je suis sans doute excessif : je ne veux pas m'avouer que ces semaines d'été étaient assez difficiles à supporter, surtout sur la plage du Sillon, à Saint-Malo, où je me rends pour me baigner très tôt le matin et tard le soir, ne voulant exposer mon corps ni au soleil ni à trop de regards ; non qu'il soit repoussant, je crois l'avoir dit, puisque je continue à l'entretenir par des exercices quotidiens et le garde assez musclé et presque mince pour un homme qui ne se prive ni de manger ni de boire ; mais je redoute encore le perpétuel va-et-vient entre ce corps et mon visage, ce terrible contraste qu'on y décèle d'emblée et auquel on s'attarde. Je suis proche en cela des jolies femmes qui ont toute leur jeunesse à subir le regard des hommes, dans quoi elles trouvent autant d'orgueil que de souffrance. Reconnaissons que tel est mon visage que je dois aussi soutenir ceux, critiques, inquisiteurs, assassins, des femmes — des laides, pour la plupart, qui s'indignent de se sentir renvoyées, surtout au bord de l'eau, par ma présence et par ma nudité, aux contradictions où elles vivent. Vivre, c'est cheminer entre ces haies de flammes contraires, et, si je ne craignais pas les conclusions erronées, confiant dans la nature quasi mythologique de mon apparence, je dirais que je suis une belle femme pétrifiée dans un corps d'homme, une métamorphose inachevée, un adolescent surpris dans les nœuds d'un chêne dont rien ni personne ne le délivrera.

Je m'installe à la terrasse d'un café, élu parce que la patronne est une ancienne laide qui a renoncé à se regarder, donc à juger les autres. Je suis face à la mer, avec de quoi écrire, et je passe là une grande partie de la journée, lisant la presse, rêvant, observant les gens, vérifiant ma théorie, notant les exceptions, une nouvelle fois frappé par l'enlaidissement de la population, les gens rendus plus laids par le laisser-aller général, le mélange démocratique, et de mauvaises habitudes alimentaires, sans qu'il me soit possible de fraterniser avec eux, ma laideur ayant quelque chose d'aristocratique, plus proche de Mirabeau que de Quasimodo, disait ma sœur, et par là plus exigeant envers autrui qu'une jolie femme, et, fasciné par la bêtise, haïssant la dimension vulgaire de la laideur — dont la bêtise est d'ailleurs un corollaire.

Outre la vulgarité des visages et la veulerie des expressions, ce qui me frappait, sur cette plage où tous les échantillons d'humanité du nouveau millénaire défilaient sous mes yeux, Français, Italiens, Espagnols, Anglais, Allemands, immigrés du Maghreb, d'Afrique noire et d'Extrême-Orient, c'était, surtout chez les Français, puisque je comprenais, hélas ! leur langage, la vulgarité du verbe, la brutalité de l'intonation, l'inélégance des propos. Et avec ça, le fait de constater à quel point les gens beaux sont rares, et je ne parle pas seulement des visages (cette beauté-là étant exceptionnelle), mais des corps déformés par l'obésité, les grossesses, le relâchement, le plus souvent affligés de tares apparemment anodines, indiscernables sous les vêtements, mais terriblement visibles dans la nudité : dissymétrie des membres, jambes tortes, bedaines, rougeurs diverses, grosses fesses, cellulite, taches de naissance, mollets disgracieux, poitrines avachies, pieds en dedans, doigts boudinés, scolioses, chevelures filasse, calvities, oreilles décollées, dents mal plantées — tout ce qui, sous couvert de la manifestation la plus innocente ou la plus libre de la vie, nous parle de la disgrâce, du dépérissement, de la mort.

Cette plage me ramenait encore une fois à ce sujet de réflexion : pourquoi voit-on beaucoup plus de femmes moches, ou sans attrait véritable, avec des hommes plutôt bien de leur personne, voire beaux, que le contraire ? Quelle loi en tirer qui ne soit pas celle que j'ai déjà énoncée au sujet des très jeunes hommes ni une façon de se rassurer soi-même ou d'espérer, sinon une vie meilleure, du moins une forme de sagesse — sagesse à laquelle je n'ai jamais cru et qui, même, m'agace prodigieusement puisqu'elle suppose un idéal presque toujours fait de renoncements ? Ma laideur aura été une sorte de chance, me préservant des certitudes aisées, des vérités toutes faites, de la vieillerie morale. C'est ce que j'ai dit, cet été-là, à ma voisine de table, pendant le petit déjeuner, à l'hôtel des Mouettes, où je descends à cause de son nom qui évoque pour moi les vacances de l'enfance que je n'ai pas eue, et une France qui n'en finit pas de vieillir.

Ma voisine restait muette. J'ai cru l'avoir blessée ; j'étais pourtant certain qu'avec la tête que j'ai elle ne pouvait, quoiqu'elle-même dépourvue de beauté, penser que je cherchais à la séduire, et qu'elle ne s'écrierait pas :

« Mais qui êtes-vous donc, vous, pour parler comme ça ! »

Elle s'est mise à sourire tout en me faisant ce qu'on aurait pu appeler, dans un autre contexte, les gros yeux — des yeux qu'elle avait d'ailleurs beaux et qui traduisaient aussi bien l'étonnement que le désir de m'entendre poursuivre mon propos. Cette femme, qui n'avait pas quarante ans, pouvait-elle être à ce point timide qu'elle n'osait pas ouvrir la bouche, fût-ce pour relancer la conversation ? Je n'ai rien ajouté. J'ai fini mon thé, puis je lui ai demandé si le tabac la dérangeait. Elle a secoué la tête, tendant même la main pour me prendre une cigarette qu'elle a portée à sa bouche puis avançant le visage vers moi pour que je lui donne du feu. J'étais sur le point de la trouver agaçante, et plus laide qu'elle n'était, alors que, je le constaterais au cours de la journée, elle pouvait passer pour agréable, selon les heures, l'éclairage, l'humeur, me disais-je en me rappelant comment nous en étions arrivés à nous retrouver pour nager, ce moment délicieux (et, pour moi, toujours immérité, le fruit d'une illusion qu'il me faudrait expier) où, l'ayant saluée et me levant pour partir, elle m'avait retenu en posant la main sur mon avant-bras, et, avec un stylo, avait griffonné ces mots sur la nappe en papier :

« Je suis muette mais pas sourde, et je vais essayer de vous répondre, si vous avez le temps. »

J'avais tout mon temps. Depuis quelques mois, j'avais même décidé d'apprendre à le perdre un peu, ce temps que je n'avais fait jusqu'ici que sacrifier au travail et à la lecture. J'ai offert à la jeune femme de l'accompagner à la plage, ce qu'elle a accepté à la condition que je lui laisserais une heure pour se préparer et aller acheter un bloc-notes sans lequel nulle conversation ne serait possible, à moins d'écrire sur le sable, comme Jésus-Christ.

« C'est que je suis bavarde », a-t-elle encore noté.

Elle s'appelait Claire Phéline et ressemblait à un chat, ça ne s'invente pas, même si on peut croire que, loin de chercher à dissimuler son patronyme, qu'elle prétendait d'origine russe, elle faisait tout pour s'en rendre digne, étant plutôt petite, très brune, avec de grands yeux verts et d'inégale intensité, un gros grain de beauté dans le cou qui me répugnait un peu, des gestes déliés, et ce silence dont elle ne sortait qu'en souriant, et avec ses mains, ses douces mains qui se posaient sans cesse sur moi, bien plus qu'avec les mots qu'elle griffonnait sur le bloc-notes, et qui étaient, ses mains, sa vraie voix. D'ailleurs, disait-elle, elle palpait les livres, les caressait, les humait autant qu'elle les lisait, documentaliste dans un lycée du XIe arrondissement de Paris, les aimant par-dessus tout, ces livres sans lesquels elle aurait été plus seule qu'un être abandonné de Dieu.

« Mais les livres nous rendent seuls », ai-je cru bon de dire.

Elle m'a regardé, attendant la suite, croyant sans doute que je parlais non du bonheur de lire mais de la solitude de l'écrivain qu'elle pensait que j'étais et dont je devais avoir l'air, vu ma façon de dévorer le monde avec les yeux, disait-elle, même si on eût pu rêver plus belle figure ; car on finissait toujours par en revenir à ça : le physique, l'apparence, l'éternel dégoût, la gêne suscitée par un visage, chacun se retranchant derrière sa croisée de chair, moi tout aux mouvements gracieux de deux jeunes joueuses de badminton en short et aux seins quasi nus dans la lumière déclinante, la jeune femme les yeux fixés derrière ses lunettes de soleil en direction du Grand Bé, comme si elle voulait que nous en revenions aux livres, à Chateaubriand qui repose là, face à la mer, seul, visité dans la journée par des touristes qui, pour la plupart, ignorent quel est l'« écrivain français » gisant sous la pierre sans nom où ils laissent des papiers gras et des détritus, et qu'ils rendent, la nuit, ou le temps d'une marée haute, à cette solitude qu'il a aimée par principe et par pose bien plus que par fatalité, n'ayant jamais été seul comme je peux l'être, sinon en écrivant, justement, l'écriture étant l'unique façon d'être seul, hormis la solitude sexuelle et le sommeil, ai-je dit à la jeune femme qui m'a regardé comme si je n'évoquais Chateaubriand que pour parler de moi.

« Le beau Chateaubriand, a-t-elle noté sur le bloc.

— Savez-vous qu'il était tout petit ?

— Vous dites ça comme s'il était laid. »

Elle rougit, puis, se tournant vers moi, relevant ses lunettes sur son front, me regardant franchement dans les yeux (et, pour attirer mon regard, me tapotant le dos, prête, je le sentais, à me prendre la tête entre les mains pour l'amener près de la sienne), elle ajouta, formant lentement sur ses lèvres des mots qui demeureraient invisibles, avec cependant l'espoir que je les lirais, comme l'eût fait un sourd, avant de les noter :

« Nous ne sommes pas très beaux, ni vous ni moi ; nous le savons, nous l'avons toujours su, nous en avons souffert et nous en souffrirons encore ; et pourtant, je me plais avec vous ; vous voyez, je suis plus courageuse que vous ; les femmes le sont toujours plus que les hommes... »

Je m'étais, pour lire, accroupi sur sa serviette de plage, si près d'elle qu'aux mouvements qu'elle accomplissait en écrivant, son épaule touchait la mienne, me faisant frissonner et rechercher ce contact et m'appuyer davantage sur elle, non pas à la façon d'un séducteur de pension familiale, mais en homme qui sait ce qu'une femme sait qu'il veut, et qui ne désire, elle, rien d'autre, mais exige qu'on y mette les formes, et celle-là ajoutant avant de s'éloigner :

« Vous allez peut-être vite en besogne, non ? »

XVII

Claire est la femme qui, pendant près de deux ans, m'a donné l'illusion la plus vive que je pouvais être heureux, non pas comme les autres, n'ayant, moi, sauf dans les moments de désespoir, jamais désiré être comme les autres, mais en étant ce que je suis, un homme qui n'hésite pas à racler sa plaie jusqu'à l'os, sans se plaindre.

Heureux, je ne l'étais pourtant pas, ne pouvais l'être, il était trop tard, il avait toujours été trop tard : je n'aimais pas d'amour, n'ayant jamais été amoureux tout de bon, m'en étant défendu comme de la peste, et pénétré de l'idée que je n'aurais jamais dû naître, comme Chateaubriand, mais avec de vraies raisons, trop laid, et coupable de l'être, malgré tout ce que j'avais bâti pour me protéger de moi-même bien plus que des autres ; car c'est par soi qu'on est avant tout menacé, non seulement par ce qui survient à l'intérieur de cet immense et inconnaissable territoire qu'est notre corps, mais par ce dehors que nous nous empressons de faire nôtre, afin de le croire sans danger alors que nous avons introduit en nous le cheval de Troie d'un amour qui, pour moi, plus qu'une maladie grave, était ce à quoi je ne voulais pas céder, ne pouvant me le permettre, ayant très tôt pris ce pli d'aimer ce que je ne désire pas, et de ne désirer que ce qui s'adresse à une certaine conjonction de mes sens, comme on le dit des astres, m'étant arrangé pour ne pas croire à l'amour ou à l'intérêt qu'on pourrait me porter, tout en sachant que nous ignorerons toujours comment l'autre nous voit, même quand nous sortirions nus de sa bouche.

Une vie que Claire a tout fait pour me convaincre d'essayer, au moins une fois. Si je m'y suis obstinément refusé, c'est que notre liaison ne pouvait durer. Je n'aimais que moi (selon ma sœur), et cette sorte d'amour que je puisais dans la haine que je me vouais ne pouvait que décourager peu à peu les meilleures volontés, mes amoureuses trouvant rarement à quelle rivale elles avaient affaire : une rivale d'autant plus monstrueuse qu'infiniment cachée, sournoise, et dans le meilleur des cas mise au compte de mes rêves déçus d'écrivain. Ne l'aimant pas de la façon qu'elle m'aimait (ou croyait m'aimer), n'aimant que sa façon de se taire et de faire l'amour (et ces mots avalés qu'elle se laissait aller à proférer devant moi, pendant l'amour, l'étrange bredouillement annonciateur de son plaisir, et les cris de petit rongeur qu'elle poussait alors et qui avaient je ne sais quoi d'une langue très ancienne que le plaisir convoquait à la surface d'un corps, de sorte qu'il me semblait parfois faire l'amour avec une princesse étrusque ramenée pour un temps à la vie), tout ce qu'il ne m'avait encore jamais été donné d'entendre, tout ça me plaisait, m'émouvait, me donnait enfin l'espoir de contempler sans détour le plaisir féminin ; si, donc, au bout de deux ans, j'ai fini par quitter Claire (ou par ne pas lui laisser d'autre solution que de me quitter), ce n'était pas que j'en fusse las, mais que je ne voulais pas la faire souffrir, de cette souffrance qui vient non de l'amour, mais de cet accès d'amour-propre qu'on appelle la désillusion, tout en sachant que la souffrance était déjà là, tapie, attendant son heure, inscrite dans notre histoire, Claire appelée à souffrir d'autant plus qu'elle refusait de le voir, mais finissant malgré tout par en parler, c'est-à-dire me l'écrivant, une vraie lettre, cette fois, dans laquelle elle me disait ne pas pouvoir continuer, puisque, précisait-elle, elle arrivait à l'âge où elle ne pouvait reculer le moment d'avoir des enfants, de fonder une famille.

Que lui répondre, sinon qu'elle me parlait de choses que je n'avais envisagées qu'avec effroi, ma figure m'interdisant d'être père, même si on voit aujourd'hui des quasi-monstres engendrer de beaux enfants, et que les caprices de la génétique permettent de rester optimiste. Mais j'étais du côté des laids, des célibataires, des inutiles, des frères et des sœurs aux têtes impossibles : Balzac, Stendhal, Marcel Schwob, Catherine Pozzi qui se décrit « maigre et laide et pâle, un grand vermicelle qui aurait de grands yeux », Simone Weil, dont Bataille a fait le modèle de l'impressionnante Lazare du *Bleu du ciel*, Sartre découvrant sa laideur après qu'on lui a coupé les cheveux, tant d'autres encore, aussi laids qu'attachants, et qui m'auront aidé à vivre.

Claire ne m'a pas répondu. Je ne l'ai jamais revue. L'ai-je vraiment regrettée ? J'étais passé à autre chose, à une autre femme, veux-je dire, pour ne pas tomber dans le remords, le regret, la nostalgie de celle qui avait un corps sans défaut, la seule chair non vénale où je ne me sois pas enfoncé avec un frisson de dégoût que je n'ai cependant jamais reproché à mes partenaires, lorsque je caressais la peau fripée de leur ventre, leurs seins flasques, leurs molles fesses, leur épiderme rêche, leur visage sans grâce à l'haleine parfois un peu forte, leurs cuisses épaisses ou trop minces, les cent défauts auxquels le désir (ou plutôt ce que le manque sexuel travestit en désir) me rendait provisoirement aveugle. Et non seulement je ne leur en voulais pas de ce qu'elles étaient mais je feignais d'être au paradis, vivant l'acte charnel de façon imaginaire, pensant à des prostituées que j'avais connues, à des actrices de cinéma, des filles de magazines érotiques, à telle femme aperçue dans la rue, ou sur les plages de Saint-Malo, cherchant instinctivement dans toute jolie femme le défaut qui me permette de déchirer sa beauté, cela même qui, bouton, tache de naissance, poil incongru, mauvaise odeur, rire disgracieux, voix désagréable, m'aidera non pas à me supporter ou à combattre l'humiliation d'être laid, mais à établir un provisoire contre-feu à un désir si puissant qu'il aurait tôt fait de me réduire en cendres, ou de m'empêcher réellement de dormir, comme cette jeune Danoise, cet été-là, sur la plage de Bon Secours, radieuse sous sa chevelure blond pâle, accompagnée de deux fillettes également blondes et ravissantes, qui jouaient au ballon avec leur père dont la beauté était également souveraine, mais moins étonnante que celle de sa femme en train d'ôter son maillot de bain mouillé pour en passer un sec, sans se cacher, sans se hâter non plus, révélant le plus beau buste et les plus jolies fesses qu'il m'ait été donné de voir, mais sans provocation, avec des gestes brefs et gracieux qui me déchiraient le ventre et suscitaient la haine des femmes ordinaires allongées non loin — celles-ci doublement renvoyées à leur malheur de n'être pas belles ni bien faites et de voir leurs époux, compagnons, ou simplement l'ensemble des mortels tourner leurs regards vers la belle baigneuse et vers ce couple parfait, cette famille idéale qui nourrissait peut-être en son sein de noires dissensions.

XVIII

Comment vivre avec ces échardes ? Comment ne pas être tenté de fuir, de mettre fin à ses jours ? me demandais-je devant cette scène. La question m'a souvent traversé l'esprit, mais sans me conduire au désespoir, n'ayant jamais éprouvé à ce point cette terrible haine de soi que seuls les gens beaux sont en mesure d'exercer à leur endroit, par défi autant que par mortification. Et puis le suicide est surtout une question rhétorique, un acte de langage outrancier. On peut aussi s'étonner que je ne sois pas devenu un criminel, que je n'aie pas cherché dans le meurtre la lumière donnée par l'amour. Un peu moins laid, ou plus hideux, j'aurais peut-être basculé dans le crime, ou me serais tué. Ma chance, c'est d'avoir toujours vécu sous les yeux de ma sœur, implacables mais justes. Le sentiment de ma laideur est un narcissisme inversé : je vis en bonne intelligence avec moi-même, l'âge atténuant quelque peu la conscience que j'ai de mon aspect, du moins le rendant banal, et, contre toute attente, me valant à présent l'amitié de très jeunes femmes, des jeunes filles, parfois, que je n'ai pas recherchées mais dont je ne me défends pas, selon une loi somme toute naturelle, le goût se modifiant, le désir obéissant à une climatologie non moins singulière que celle qui régit le temps atmosphérique.

Au fond, ce ne sont pas les femmes qu'on aime, mais les jeunes filles, quand on est jeune comme quand on vieillit, oui, ces jeunes filles que nous cherchons désespérément en toute femme, et non seulement celles qu'on n'aura jamais et que je vois marcher au bord de l'eau, cet été, la brune et la blonde, toutes deux dorées, le dos magnifiquement cambré, les fesses hautes et dures, les seins frémissants, le visage rendu dédaigneux par l'éclat du soleil autant que par le regard des hommes. On ne les aura pas, nul ne les possédera, pas même les jeunes benêts qui les dépucelleront en ignorant qu'ils n'auront été que des instruments, puisqu'il faut bien en passer par là et qu'on ne peut, à mon âge, les aborder sans s'exposer à être mis en pièces par les Érinyes judiciaires. Je ne les aborderai pas, moi qui ne rêve pourtant de rien d'autre, la beauté absolue, l'impossible innocence, la grande palpitation du monde, l'éblouissante évidence de ce qui s'insurge contre la mort et à quoi peut répondre un sexe dressé, le mien, pourquoi pas, que je dénuderai tout à l'heure, seul, dans la pénombre de ma chambre, le visage renversé dans un rayon de soleil pénétrant par les persiennes mal tirées, et laissant sur le plancher et sur le mur une sorte d'équerre étincelante me diviser le corps et à l'intérieur de laquelle je ferai jaillir ma semence comme un chapelet d'ambre clair, en sanglotant parmi les cris des goélands, non pas tel un malade ou un désespéré, mais en homme ravi, parce que songeant à ces deux jeunes filles, que les jeunes filles sont le sel de la terre, et que tout homme est condamné à mourir de soif auprès d'elles. Un mythe contre un fantasme, dira-t-on ; la vieille fable faustienne en quête d'une nouvelle incarnation ; un malsain, un maladif désir de meilleure apparence, oui, tout ça n'est pas faux, et pourtant ce n'est pas là la vérité : la vérité est ailleurs, dans la justesse, la rectitude, l'innocence du désir ; car je prétends que le désir que nous pouvons avoir d'autrui est une forme d'innocence — l'une des rares qu'il nous soit donné d'éprouver et dont, à la cinquantaine, nous mesurons combien elle est précieuse, jusque dans l'injustice, contre toute vraisemblance psychologique ou coercition sociale. C'est pourquoi je mets au défi tout homme mûr d'affirmer qu'il n'a jamais, au moins une fois, désiré une très jeune fille, voire une adolescente marchant sur une plage, par exemple, ou dans la rue, ou contre qui il se serait retrouvé serré dans le métro ou l'autobus. Pas de vérité du désir sans reconnaître qu'aimer les femmes, c'est chercher en elles la figure de notre enfance saccagée par la chair, et dans les jeunes filles son image transfigurée : ce qu'on ne possède pas, me disais-je en me rappelant, provisoirement délivré par le plaisir solitaire, la brûlure qu'avaient fait naître en moi les deux jeunes promeneuses, sur la plage. Non, on ne les possède pas, elles ne seront jamais qu'un rêve, l'ange qui songe éternellement en nous, même quand on les étreint comme je le ferais bientôt d'Audrey.

Je l'avais rencontrée à Paris, dans un café de la place Edmond-Rostand, face au Luxembourg, où je donne la plupart de mes rendez-vous ; et cette étudiante limougeaude qui préparait un mémoire de maîtrise sur la représentation du Limousin dans la presse politique, je l'imaginais comme la plupart des jeunes gens de sa génération, entrée dans l'ère post-humaniste, quasi inculte et dépourvue d'élégance. En réalité, je la souhaitais tout autre que ce que me dictait mon esprit, voulant qu'elle soit jolie, désirable, selon mes goûts, priant même pour que le destin me fasse une fois cette grâce. Et voilà que je découvrais une agréable jeune femme, aux cheveux très courts, grande, mince, bien faite, faussement indolente, un peu intimidée, mais pas assez pour ne pas se mettre à rire souvent, et d'un rire qui n'était pas celui d'une bécasse ravie de se trouver dans la compagnie de quelqu'un qu'elle eût pu dire « célèbre » parce qu'il travaillait dans la presse.

Nous avons parlé de son travail, puis d'elle, fille de médecins d'Égletons, en haute Corrèze, mais vivant à Limoges avec sa mère qui, ayant quitté son mari et ne supportant pas l'ennui de la petite ville corrézienne, habitait à présent la capitale limousine, où elle avait ouvert un cabinet. Audrey était heureuse d'apprendre que j'étais un enfant de divorcés, comme si cela devait la lier à moi davantage, ou de façon plus authentique. Malgré le nombre considérable de divorces, nous formions une société à part, une sorte de confrérie, ce qui était vrai de mon temps, lui ai-je fait remarquer, mais beaucoup moins à l'époque présente ; à quoi elle a répondu que cette expression, « de mon temps », me vieillissait.

« Me vieillit ?

— J'avais de vous une autre image. »

Une image qui n'avait rien à voir avec mon physique — Audrey ayant vu des photos de moi, que je n'interdis pas, on s'en souvient, non seulement parce qu'elles dissipent les malentendus, mais parce qu'elles ont beaucoup contribué à ma réputation de journaliste le plus laid de France, et donc à ma carrière, me faisant passer pour plus intelligent, plus doué, plus retors que je ne suis, et presque pour redoutable, donc puissant, et, d'une certaine façon, séduisant, sinon séducteur. Une laideur qui faisait pourtant dire à l'une de ses amies qu'elle avait du courage, m'avait-elle rapporté avec une innocente cruauté, comme si elle entendait me prouver l'étendue de son goût pour moi en même temps que l'ampleur du sacrifice qu'elle me consentait en couchant avec moi. Cette phrase m'avait blessé : malgré la haine qu'on peut avoir de soi, l'absence d'illusions, la vérité regardée chaque jour en face, il reste toujours l'espoir insensé d'être trouvé beau ; or, j'étais et je reste celui à qui nul ne dira jamais qu'il est beau, pas même beau *à sa façon*, ni secrètement, ni d'une beauté qui résiderait dans un charme aussi obscur que puissant. N'étant irréductiblement pas beau, j'étais voué aux laides, comme d'autres à une maladie récurrente dont la mélancolie était la manifestation acceptable, Audrey demeurant l'exception qui confirmait la règle, parce qu'elle cherchait en moi, comme on pouvait s'y attendre, une sorte de père qui l'eût vengée de celui qui l'avait abandonnée, elle aussi, me suggérait ma sœur pour qui mes théories étaient la version névrotique de l'adage selon lequel qui se ressemble s'assemble.

Audrey m'avait imaginé plus vieux — ce qui, sur le moment, m'a paru être une façon de me signifier que j'étais moins laid qu'elle ne pensait : il y a, chez les très jeunes femmes, et cela bouleversait ma théorie des équivalences, une générosité que n'ont pas les femmes plus âgées, les plus mûres devenant cependant moins exigeantes, ou plus désespérées, je le savais, c'est pourquoi je les ai si longtemps fréquentées ; c'est aussi pourquoi je me tournais maintenant vers les jeunes, cherchant autre chose, non pas une illusoire jouvence, je l'ai déjà dit, ni quelque onirique substitut de paternité, mais un autre ordre de rapports, un peu comme l'âge modifie les cycles du sommeil et nous fait préférer le matin au crépuscule, alors que nous aurons été pendant la première moitié de notre vie des couche-tard.

Je m'étais mis à regarder autrement les jeunes filles — toutes les filles, les jolies comme les laides ou les insignifiantes, celles sur qui le regard glisse, ignorant par exemple pourquoi je ne me sentais pas capable d'étreindre une jeune fille laide, moi qui avais passé plus de vingt ans à fréquenter des femmes dont presque personne ne voulait ; incapable de m'imaginer entre les bras de cette fille que j'ai vue, l'autre jour, allant prendre le train à la gare Montparnasse, entrer dans le wagon de métro où je me tenais, puis s'asseoir non pas à une place isolée où elle eût été à son aise, mais à l'endroit du wagon où deux sièges se font face et où était assis un jeune homme plutôt bien de sa personne, aurait dit ma sœur, et que j'avais remarqué parce qu'il lisait le *Sous-sol* de Dostoïevski, un des livres qui m'ont le plus marqué — un de ceux que j'aurais tout donné pour avoir écrit. Elle arborait, cette fille (et songeant à elle, je remarque que le mot laideron, qui s'emploie étrangement au masculin, n'a pas son équivalent pour désigner un homme), elle arborait tous les signes de la laideur, de la vulgarité contemporaine : des cheveux ras, un jean déchiré, des chaussures de sport, des écouteurs aux oreilles, la lèvre inférieure percée d'un anneau, une salamandre tatouée sur l'épaule, le quotidien *Libération* à la main, mastiquant du chewing-gum qui ne faisait qu'accentuer la méchanceté de son expression. J'ai pensé à une droguée en manque, ou qu'elle avait ses règles, ou qu'elle se haïssait elle-même. Elle a étendu ses jambes sur la banquette qui lui faisait face, à la fois pour marquer sa présence par un geste violent et pour interdire à quiconque, homme, femme, de s'asseoir à côté du jeune lecteur à qui elle jetait de fréquents coups d'œil, tantôt langoureux, tantôt furibonds, sans parvenir à le tirer de sa lecture, jusqu'au moment où elle a vu que je ne perdais rien de son manège, me fusillant du regard, l'insulte prête à jaillir, je le sentais, ou les larmes, quand le jeune homme s'est levé, à la station Saint-Placide, et, avec une politesse qui pouvait aussi bien passer pour une sorte d'injure, lui a demandé de l'excuser, la laissant dépitée, rageuse, les larmes aux yeux, plus seule que jamais.

Oui, c'était à cette fille que je songeais, ainsi qu'à quelques autres, dont cette jeune naine que j'ai vue passer ce matin sur la jetée, tenant par la main un homme d'une trentaine d'années, parfaitement constitué, et qu'elle accompagnait non pas comme elle l'eût fait d'un frère, mais amoureusement, les doigts enlacés aux siens, trottant trop vite dans ses bottines d'infirme, les mollets rougeauds, l'air débordant de bonheur, et me donnant à imaginer le singulier coït de ces deux êtres, me demandant si les lois amoureuses régissaient une telle union ou si celle-ci n'était pas un effarant privilège accordé par le destin à ces deux êtres qui trouvaient là un bonheur incomparable.

« Mais de quoi parlez-vous, à la fin ? », m'a demandé Audrey à qui je le raconterais, lors de notre première rencontre, tout en craignant de l'amener sur un terrain qui lui donnait à penser que je la courtisais, m'attendant même à l'entendre dire que je profitais de ma notoriété pour me croire au-dessus des autres — façon de me signifier que ma laideur ne saurait justifier mon cynisme, et elle de ne pas y être insensible, puis, joignant le geste à la parole, en posant la main sur mon bras, geste qui lui était sans doute familier mais qui la faisait cependant frémir, surtout quand j'ai posé ma main sur la sienne, rougissant moins de mon audace que de constater à quel point nos peaux étaient différentes, la sienne très blanche, ferme et lisse, et la mienne déjà un peu sèche, presque fripée, aux veines qu'on dit ordinairement noueuses, à la fois menaçante et fragile.

Cette main (la mienne) me gênait ; elle était même près de me faire horreur, et j'aurais tout donné pour qu'elle fût réduite en cendres sur-le-champ. Audrey l'a-t-elle compris ? Pouvait-elle, à vingt-deux ans, avoir cette intuition-là ? Elle a posé dessus son autre main. Plus tard, beaucoup plus tard, non pas dans la nuit qui a suivi, mais deux mois après notre rencontre, au début d'un mois de novembre particulièrement tiède, elle est revenue à Paris pour me voir — me voir autrement, avait-elle précisé dans le message qu'elle avait laissé sur mon téléphone mobile, son mémoire achevé, se donnant à moi comme je n'avais encore vu aucune femme le faire, battant en brèche mes scrupules et mes craintes, me demandant si je préférais le rêve à la réalité, et, sur ma réponse qui était que je ne distinguais pas très bien ces deux ordres de choses, s'offrant à me montrer qu'il y avait bel et bien une différence, et se déhabillant, un peu anxieuse de ses seins menus, et inquiète que je puisse ne pas la trouver désirable, alors qu'elle était ce que j'avais toujours follement espéré et vainement attendu, mais qui, survenant un peu trop tard dans ma vie, ne pouvait plus me surprendre tout à fait, Audrey entrant en concurrence avec mes songes et mes superstitions, et moi m'abandonnant à la pire des incertitudes, avant notre premier rendez-vous, me faisant aborder par une vieille gitane, boulevard Saint-Germain, et me laissant lire les lignes de la main, où la vieille a vu ce qu'elle pensait que je voulais y voir, beaucoup de femmes, notamment deux qui se partageaient ou allaient se partager mon cœur, un malheur passé et un timide espoir qui ne demandait qu'à se transformer en lumière ; scène qui m'avait d'autant plus impressionné que je croyais deviner qu'il se passerait quelque chose avec l'inconnue qui avait nom Audrey Leroux, et que, avec les dispositions au larcin propres à sa race, comme on disait à Siom, la vieille femme m'avait délesté d'une cinquantaine d'euros, ne s'étant pas contentée de lire dans les lignes de la main, mais m'ayant demandé d'y placer des billets, en fait tout ce que j'avais dans mon portefeuille, déclarant son intention de me les rendre, une fois ôté le mauvais sort contre lequel ces billets représentaient la preuve de ma bonne foi, me faisant lire avec elle la prière à la Vierge des gitans, soufflant par trois fois sur mon poing et m'y faisant souffler à mon tour, me montrant à ce moment le plus vilain visage qui fût, sale, puant, jaunâtre, incompatible avec le prénom qu'elle me dit être le sien, Sarah, un de ceux que je préfère, et, lorsqu'il s'est agi de récupérer l'argent, s'y refusant, menaçant de crier, me faisant redouter un scandale, et surtout un cercueil, dans les trois jours qui suivraient, ainsi que la perte de tout amour, puis me plantant sur le boulevard, pigeonné de la plus belle façon, hésitant à appeler la police ou à reprendre de force mon argent, mais y renonçant, transpirant, mal à l'aise, cet incident réveillant l'espèce d'avarice sélective qui est en chacun de nous, même les plus généreux, bafoué dans mon orgueil, cette femme me faisant payer sa propre laideur — l'injustice qu'il y a à être laide étant bien plus grande pour une femme que pour un homme, par exemple celle de naître gitane dans une société comme la nôtre, et moi me résignant peu à peu, me persuadant que cet argent était la part que je donnais au feu, une générosité par défaut qui représentait une partie de ce que je ne donne jamais aux pauvres, le signe du crime que je ne commettrai pas, tout ce que cette vieille gitane m'enseignait à voir, et moi acceptant de retrouver grâce à elle le sens poétique de mon existence, me disais-je sans penser que mon émotion ne me venait pas seulement de mon ridicule ni de la naïveté dont j'avais fait preuve devant cette femme, mais (je m'en rendrais compte bien des jours plus tard, quand j'oserais raconter l'incident à ma sœur) de ce que, sans le comprendre sur-le-champ, j'avais été ramené à ce lointain jour d'avril où ma mère avait chassé de chez nous un homme de la même race que la vieille femme du boulevard Saint-Germain : expulsion que, cause ou conséquence, ou encore expiation, je n'ai pas pu ne pas lier à la découverte de mon visage.

XIX

Il était donc trop tard. Comme la beauté, la laideur a toujours attiré l'injure et l'injustice. Au moins aurai-je eu ça en partage avec les gens doués de beauté. J'avais pour maîtresse une très jeune et jolie fille, mais je ne suis pas certain d'avoir réalisé mon rêve, ni de ne pas préférer celui-ci à la réalité : autre façon de faire état de scrupules ou de me voiler la face, d'être plus seul que jamais, et doucement enclin à trouver l'existence incompatible avec l'amour, lequel ne peut que faire souffrir : une souffrance dont je me suis toujours gardé, on le sait, mais pas Audrey, qui s'était mise à m'aimer et qui avait à Limoges un ami, comme elle disait, lequel était jaloux, souffrait, la faisait souffrir, ne comprenait pas ce qu'elle me trouvait, et à qui j'inspirais une franche horreur, ce qui ne m'étonnait pas mais m'horrifiait moi aussi, ne pouvant concevoir qu'on puisse être jaloux d'un type comme moi, m'en indignant, même, prêt à sacrifier Audrey si ce jeune gars me l'avait demandé et si je ne m'étais pas dit qu'il préférait sa souffrance et sa haine à une rupture définitive.

« Es-tu à un âge où tu doives encore te poser ce genre de questions ? », m'a dit ma sœur dont, sans me brouiller avec elle, je m'étais un peu éloigné, après ma rupture avec Claire Phéline, avec qui elle pensait que j'aurais dû faire ma vie, usant d'une de ces expressions toutes faites qu'elle réprouvait d'ordinaire, et par là même se montrant, pour la première fois, décevante, maternelle, naïve, possessive, menteuse, peut-être, au point de faire semblant de penser que la vie est une libre construction et non un destin avec lequel on ruse pour se croire libre.

« Je ne suis donc pas la femme de ta vie ! », disait-elle encore avec dans le regard une ironique détresse qui exigeait un immédiat démenti que je ne lui donnais pas, la sachant plus forte que moi, même en ces moments de tension et d'angoisse, sans doute fatiguée de moi comme je l'étais d'elle.

Nous ne parlions plus que par pointes de feu. Tout se modifiait sans changer vraiment. Notre vie est un ciel immuable. Elle vieillissait. Le désespoir l'effleurait. Elle touchait par moments à la pudibonderie. Elle n'approuvait pas ma liaison, pourtant légère et un peu distante, avec Audrey. Elle craignait que je tombe amoureux, que cette jeune et irréfutable beauté m'apparaisse comme une révélation et m'amène à réviser le pacte tacite jadis conclu entre elle et moi et dont je comprenais, aujourd'hui seulement, qu'il nous engageait à ne jamais céder à l'amour, à tuer dans l'œuf ce sentiment, s'il venait à surgir, et à tout faire pour ne pas nous éloigner l'un de l'autre. Elle prétendait que nous allions souffrir, elle plus que moi, les femmes vouées à souffrir plus que les hommes, sans que j'aie su si elle parlait d'Audrey ou d'elle-même. Elle supputait que mes dispositions au rêve ne suffiraient pas à sauver de ses dissonances le couple que nous formions, elle et moi, se demandant même ce qu'une aussi jolie fille (qu'elle refusait de rencontrer mais en compagnie de qui elle s'était arrangée pour m'apercevoir, de loin, à mon insu) pouvait trouver au quinquagénaire que je suis.

« À un type aussi moche que moi », ai-je cru bon d'ajouter.

Ce n'était pas à moi qu'elle pensait, mais, par une pente de son esprit qui la conduisait à rapporter un fait particulier à quelque chose de général pour y déceler une des innombrables figures du mal, à ce qu'elle appelait le massacre des innocents, extrapolant, généralisant, reprenant mes scrupules, les revivifiant, voyant dans cette différence d'âge une hérésie amoureuse, un crime contre l'esprit, quelque chose d'aussi violent que le vieux roi David dans la couche de qui on plaça une adolescente pour réchauffer ses vieux os, ou ce répugnant personnage décrit par Flaubert dans *Salammbô*, qui se promenait à dos d'éléphant et dans la nacelle de qui on jetait de jeunes vierges, Louis XV sans cesse fourni en jeunes filles par son valet de chambre, Beria au lit de qui il fallait conduire telle ouvrière repérée dans une usine, Mao Tsé-toung qui, à la fin de sa vie, se faisait amener chaque soir une vierge dans le vagin de qui il se lavait le sexe pour le regénérer... Et voilà qu'à mon tour je participais à ce saccage, puisque vieillissant et laid, et tourné vers la jeunesse d'autrui comme un revenant qui supplie les vivants depuis l'autre rive.

Elle avait raison : la laideur et l'oppression sexuelle vont de pair, et, d'une certaine façon, je n'échappais pas à la règle ; je refusais pourtant d'y puiser une règle. Il n'y a pas de morale sexuelle ; l'individu se tire comme il peut de ce qui le brûle et le détruit autant qu'il le tient en vie, surtout s'il lui est interdit d'aimer ou de posséder ce qu'il désire. C'est pourquoi je disais en commençant que la plupart des hommes ratent leur vie sexuelle — c'est-à-dire (et sans vouloir ramener une vie au tout-sexuel, comme on parle de tout-à-l'égout) leur existence, puisque vivre c'est apprendre à dompter ce minotaure qui est en nous, à le tuer, parfois, ou bien, c'est plus fréquent, à lui offrir son tribut de jeunes gens tout en attendant celui, plus beau que les autres, qui viendra le délivrer.

Au moins, à cinquante ans, le vieillissement ne sera pas pour moi dégradation ni déchéance : ma laideur m'en préserve. Et, même si on me soutient que je m'améliore avec le temps, ce n'est qu'une maigre consolation, puisqu'il est trop tard, qu'il a toujours été trop tard, nulle Ariane, nulle Béatrice, nulle Isolde n'étant descendue avec moi au labyrinthe de flammes, nulle femme n'ayant jamais vraiment brûlé pour moi — celles qui s'en sont le plus approchées l'ayant fait parce que je suis un personnage intéressant, presque sympathique, en tout cas gentil, quoique impossible, aucune femme n'étant disposée à supporter un homme pour qui le monde se divise en beaux et en laids, la catégorie intermédiaire, celle qui permet de penser qu'on trouvera grâce aux yeux de quelqu'un, n'existant pas à ses yeux. Je savais qu'il en serait de même avec Audrey, dont j'ai aimé la fraîcheur, la jeunesse, le prénom, bien que je ne goûte guère les prénoms anglo-saxons, mais celui-ci ayant je ne sais quoi de français dans la douceur de ses sonorités, tout comme le visage qu'il désignait : moins belle qu'agréable, mais plus jolie que toutes celles que j'avais eues jusqu'ici, ce qui me faisait trouver beau un visage qui avait ceci de singulier qu'il ne se métamorphosait pas, pendant l'amour, particularité qui aurait pu me faire craindre le pire (frigidité, ennui, réserve, dégoût), si je n'avais eu la certitude que la jeune fille trouvait avec moi du plaisir — encore qu'une femme puisse feindre, redisons-le, que la plupart, même, feignent, faute de l'éprouver, pour ne pas entrer elles-mêmes dans le désespoir et ne pas éloigner les hommes, mais bien se les attacher, les garder, ce qui en dit long sur la condition féminine, digne en tout point de pitié, puisqu'une femme non seulement tire rarement du plaisir de son partenaire, mais est en outre obligée de le mimer.

« Triste dépendance », ai-je avoué à ma sœur, après qu'Audrey m'eut quitté, au bout de quelques mois qui, m'avait-elle dit, auraient pu durer des années, rompant non de son propre chef mais parce que j'avais fini par la persuader que c'était mieux ainsi, que j'allais devenir pesant, ennuyeux, jaloux, tout ce à quoi j'avais voulu échapper, toute ma vie, et (je ne pouvais pas le lui faire remarquer) parce que nous ne trouvions rien à nous dire ni avant ni, surtout, après l'amour, et que c'est là l'ordalie amoureuse, la conversation d'après l'amour, qu'une liaison dans laquelle la parole n'existe pas est vouée à l'échec et au meurtre, l'acte sexuel étant une sorte de meurtre indéfiniment différé. On ne jouit pas de quelqu'un, ni même de soi, mais d'avoir suspendu le geste par lequel on a été sur le point de dévorer autrui, de se l'approprier comme une victime, en le mettant à mort par le plaisir, les métaphores amoureuses les plus ardentes le prouvent assez. C'est pourquoi nulle femme ne peut nous donner du plaisir ; c'est de nous-mêmes que nous jouissons, de notre néant, désespérément.

« Une femme est toujours une femme, quels que soient son âge, sa beauté, son absence de beauté, incapable elle aussi de sortir vraiment d'elle-même, quoi qu'on raconte à ce sujet », m'a dit en souriant ma sœur qui ne croyait pas plus à la générosité féminine qu'à la lâcheté et à l'égoïsme des hommes, ayant horreur de ces généralités psychologiques divulguées par les magazines féminins, la radio, la télévision, tout ce qu'on appelle l'opinion publique et qu'elle tient pour moins digne de respect que les filles du même nom.

Elle ajouta, en refermant les persiennes de son salon sur une nuit claire et chaude, qu'il me fallait en finir, me mettre à un livre, peut-être, non pour devenir écrivain, sur le tard, mais parce que j'étais le seul à pouvoir écrire sur la beauté.

« Il le faut, oui, et cependant comment écrire sur ça, quel essai, quelle théorie en faire ?

— Un récit, peut-être…

— Oui, ta vie d'homme… »

Un récit, pourquoi pas, c'est-à-dire une sorte de conte, la fin de quelque chose et le commencement d'autre chose — l'entrée dans un monde nouveau, par exemple, où nous avancerions, ma sœur et moi, elle qui ne serait plus tout à fait elle et moi tout différent de ce que je suis, ayant peut-être échangé nos vertus, nos espoirs, nos désirs, de sorte qu'il nous serait enfin possible de nous aimer, non plus en frère et sœur, ni même en mère et fils, mais en homme et femme, nos masques enfin tombés, abandonnés sur le sol d'un autre âge, d'une autre vie, comme en son tumulus perdu dans une plaine glaciale le masque d'or d'un prince scythe, notre laideur laissée à son énigme et aux puissances de la mort que nous défierions dès lors autrement, au-delà de la laideur et de la beauté, comme on entre, par-delà le bien et le mal, dans la réconciliation.

Un récit impossible, je le savais, je le sais encore puisqu'on me soupçonnera d'avoir forcé le trait, de m'être montré masqué, de n'avoir tombé mon masque que pour en révéler un autre, bien plus effrayant, puisque moralement inacceptable, et que l'accent de vérité qu'on peut trouver à mon récit n'est qu'une forme de dénégation, une dévorante quête du démenti, cherchant la consolation du vivant, et, comme un chrétien du Ier siècle la fin du temps et la résurrection de la chair, attendant qu'une femme très belle vienne enfin à moi pour démentir ma laideur, la réduisant en cendres, me faisant oublier ce que je suis et me donnant mon vrai visage, celui qui était le mien avant que je ne rencontre le regard de ma mère, bien que je sache que rien ne changera pour moi, que tout commence et finit de la même façon, pour les laids comme pour les autres, dans la défaite, l'absence ou l'impossibilité de l'amour qui aura été ici-bas notre seule manière d'aimer.

DU MÊME AUTEUR

Aux Éditions Gallimard

LA VOIX D'ALTO, 2001 (« Folio », n° 3905).

LE RENARD DANS LE NOM, 2003 (« Folio », n° 4114).

MA VIE PARMI LES OMBRES, 2003 (« Folio », n° 4225).

MUSIQUE SECRÈTE, 2004.

HARCÈLEMENT LITTÉRAIRE, entretiens avec Delphine Descaves et Thierry Cecille, 2005.

LE GOÛT DES FEMMES LAIDES, 2005 (« Folio », n° 4475).

DÉVORATIONS, 2006.

L'ART DU BREF, Le Cabinet des lettrés, 2006.

Aux Éditions Champ Vallon

LE SENTIMENT DE LA LANGUE I & II, 1986-1990.

BEYROUTH, 1987.

Aux Éditions Dar An-Nahar, Beyrouth

L'ACCENT IMPUR, 2001.

Aux Éditions Fata Morgana

LE PLUS HAUT MIROIR, 1986.

CITÉ PERDUE, 1998.

LE DERNIER ÉCRIVAIN, 2005.

Aux Éditions François Janaud

AUTRES JEUNES FILLES, avec des dessins d'Ernest Pignon-Ernest, 1998.

Aux Éditions P.O.L

L'INVENTION DU CORPS DE SAINT MARC, 1983.

L'INNOCENCE, 1984.

SEPT PASSIONS SINGULIÈRES, 1985.

L'ANGÉLUS, 1988 (« Folio », n° 3506).

LA CHAMBRE D'IVOIRE, 1989 (« Folio », n° 3506).

LAURA MENDOZA, 1991.

ACCOMPAGNEMENT, 1991.

L'ÉCRIVAIN SIRIEIX, 1992 (« Folio », n° 3506).

LE CHANT DES ADOLESCENTES, 1993.

CŒUR BLANC, 1994.

LA GLOIRE DES PYTHRE, 1995 (« Folio », n° 3018).

L'AMOUR MENDIANT, 1995.

L'AMOUR DES TROIS SŒURS PIALE, 1997 (« Folio », n° 3199).

LAUVE LE PUR, 2000 (« Folio », n° 3588).

Aux Éditions de La Table Ronde

LE SENTIMENT DE LA LANGUE, I, II, III, 1993. Prix de l'Essai de l'Académie française 1994.

UN BALCON À BEYROUTH, 1994 (repris en « Petite Vermillon », 2005).

LE CAVALIER SIOMOIS, 2004.

FENÊTRE AU CRÉPUSCULE, conversation avec Chantal Lapeyre-Desmaison, 2004.

Aux Éditions Fayard

POUR LA MUSIQUE CONTEMPORAINE, 2004.

Composition Imprimerie Floch.
Impression Maury
à Malesherbes, le 2 janvier 2007.
Dépôt légal : janvier 2007.
N° d'imprimeur : 125665.

ISBN : 978-2-07-034249-5. / Imprimé en France.

147181